新潮文庫

神秘の短剣

上巻

フィリップ・プルマン
大久保寛訳

『神秘の短剣《たんけん》』は、『黄金の羅針盤《らしんばん》』からはじまった全三作の物語の第二作である。
あの第一作の舞台《ぶたい》は、われわれの世界と似てはいるが異なる世界だった。
この作はわれわれ自身の世界からはじまる。

目次

神秘の短剣

上巻

主要登場人物

ウィル・パリー………………12歳の少年
ライラ…………………………11歳の少女
パンタライモン………………ライラのダイモン(守護精霊)
セラフィナ・ペカーラ………エナラ湖地区の魔女の女王
リー・スコーズビー…………気球乗り
マリサ・コールター…………ライラの母
チャールズ・ラトロム卿……オックスフォードに住む名士
ルタ・スカジ…………………ラトビアの魔女の女王
スタニスラウス・グラマン…探検家
スペクター……………………魔物
アンジェリカ…………………チッタガーゼに住む少女
パオロ…………………………アンジェリカの弟
トゥリオ………………………〃　兄
メアリー・マローン…………暗黒物質研究室の研究者

1　ネコとシデの木

ウィルは母の手をひきながら、いった。「さあ、はやく……」

けれども、母はためらった。まだこわがっていたのだ。ウィルは、夕日に照らされた狭《せま》い通りをくまなく見まわした。通りのどちら側にも、小さな庭とツゲの生け垣《がき》のあるテラスハウスがならび、片側の家の窓は夕日をうけて光り、もう一方の側の家は陰《かげ》になっていた。あまり時間はない。そろそろみんな食事の時間だし、まもなく子どもたちが帰ってくるはずだ。そうしたら、姿を見られて、あれやこれやいわれてしまう。時間をかけるのは危険だが、とにかく、母を説得するしかなかった。

「かあさん、中に入ってクーパー先生に会おう。さあ、もう少しだからさ」

「クーパー先生だって？」母は疑わしそうにいった。

でも、ウィルはすでに玄関《げんかん》のベルを鳴らしていた。片手で母の手をつかんだままなので、袋《ふくろ》をおかなくてはならなかった。十二歳《さい》のウィルにとっては、母と手をつないでいる姿を見られるのは恥《は》ずかしいことだったが、そうしなければらちがあかないことはわかっていた。

ドアがあき、腰《こし》のまがったかなり年配のピアノ教師が出てきた。ウィルがおぼえていたとおり、ラベンダーの化粧水《けしょうすい》の香《かお》りがした。

「どなた？ ウィリアムかい？」年とった女の人はいった。「一年以上もごぶさただったねえ。なんの用かしら？」

「入れてください、母もいっしょなんです」ウィルはきっぱりとした口調でいった。

クーパー先生は、くしゃくしゃの髪《かみ》をしてうすら笑いをうかべている女に目をやってから、少年を見た。少年の目は悲しげにきらめき、口はかたく結ばれ、あごがぐっと突《つ》きだされていた。そのときクーパー先生は、ウィルの母親、パリー夫人が片目だけ化粧していることに気づいた。けれども、本人はわかってないし、ウィルも知らないようだ。なにかおかしい。

「どうぞ……」クーパー先生は、ふたりを狭い玄関に入れようとわきに寄った。

ウィルは道路を見まわしてから、ドアをしめた。クーパー先生は、パリー夫人が息子《むすこ》の手をぎゅっと握《にぎ》りしめていることに気づいた。ウィルは母を、ピアノのおかれた居間にやさしく導いていった（もちろん、ウィルが知っている部屋はそこだけだった）。クーパー先生は、パリー夫人の服が少しかびくさいことに気づいた。まるで、干す前に洗たく機に長く入れっぱなしにしてしまったようだ。顔に夕日をあびてソファにすわったふたりは、よく似ていた。幅《はば》の広いほお骨、大きな目、まっすぐな黒いまゆ毛。

「なんの用なの、ウィリアム？」年とった女の人はきいた。「なにかあったの？」

「母を二、三日とめてもらう場所が必要なんです」ウィルは答えた。「いまは家で世話できなくて。病気というわけじゃないんですけど。頭が混乱しているというか、ちょっと神経質になっているんです。世話はむずかしいことじゃないんです。だれかやさしくしてくれる人が必要なんです。先生には、たぶん、とてもかんたんなことじゃないかと思うんですけど」

パリー夫人は息子を見ていたが、なにをいっているのかわかっていないようだった。クーパー先生は、パリー夫人のほおにあざがあるのに気づいた。ウィルはクーパー先生から目をそらそうとしなかった。必死だった。

「お金はかかりません」ウィルは話をつづけた。「食べものをいくらか買ってきました。それでもつと思います。先生もどうぞたべてください。母は気にしないでしょうから」

「でも……そんなにかんたんにひきうけていいものかしら……お医者さんに診《み》てもらったほうがいいんじゃない？」

「とんでもない！　病気じゃないんです」

「でも、だれか世話のできる人がいるはずでしょ……近所の人とか、親戚《しんせき》とか」

「親戚なんていません。ぼくたちだけなんです。それに、近所の人はみんないそがしくて」

「福祉《ふくし》を利用してはどうかしら？　追いかえそうというんじゃないけれど……」

「だめです！　母はちょっと助けがいるだけなんです。ぼくはしばらく面倒《めんどう》を見られませんが、すぐ帰ってきます。ぼくには……やらなきゃならないことがあって。だけど、すぐにもどって、うちに連れて帰ります、約束します。そんなに長いことあずけたりしません」

母親は息子を信頼《しんらい》しきったように見つめていた。ウィルは、元気づけようと愛をこめてほほえんでみせた。それを見たクーパー先生は、とてもノーといえなくなってしまった。

「それじゃあ」クーパー先生はパリー夫人のほうをむいた。「一日か二日なら、かまわないわ。娘《むすめ》の部屋を使ってちょうだい。娘はオーストラリアに行ってるの。もうあの部屋が必要になることはないでしょう」

「ありがとうございます」ウィルはそういうと、いそいで出ていこうと、立ちあがった。

「あなたはどこへ行くの?」クーパー先生はきいた。

「友だちのうちにとめてもらうつもりです。できるだけ電話します。番号はわかっていますから。だいじょうぶです」

母親が、うろたえた目でウィルを見ていた。ウィルは身をかがめ、ぎこちなくキスをした。

「心配いらないよ。クーパー先生なら、ぼくよりうまく世話してくださるからね、ほんとさ。それに、あしたになったら電話するよ」

ふたりはしっかり抱《だ》きしめあった。それから、ウィルはまた母にキスをし、首に巻きつけられた母の腕《うで》をそっとほどいてから、玄関へむかった。クーパー先生は、ウィルが動揺《どうよう》しているのがわかった。目が光っていたからだ。けれどもウィルは、礼儀《れいぎ》を思いだし、ふりかえって手をさしだした。

「さようなら。ほんとにありがとうございます」

「ウィリアム」クーパー先生はいった。「どういうことなのか、教えてくれないかしら——」

「ちょっと込《こ》みいっているんです。でも、母は面倒をかけません、ほんとに」

答えになっていなかった。ふたりとも、それはわかっていた。けれども、なんであれ、ウィルの問題なのだ。クーパー先生は、これほど人を寄せつけない子どもを見たのははじめてだった。

ウィルは、立ちさっていった。頭の中ではすでにだれもいない家のことを考えていた。

ウィルと母が住んでいるのは、おなじような安っぽい家が十軒《けん》あまりたちならんでいる、いまどきの住宅地の、道路の湾曲《わんきょく》したところだ。ウィルの家は、その中でもとりわけそまつだった。前庭は雑草だらけ。年のはじめに、ウィルの母が低木をいくらか植えたが、水が足らなかったので、しおれて枯《か》れてしまった。ウィルが家のすみをまわりこんでいくと、飼いネコのモクシーが、まだ枯れていないアジサイの下のお気に入りの場所から起きあがり、のびをしてから、低くニャオとあいさつし、ウィルの脚《あし》に顔をこすりつけてきた。

ウィルはモクシーを抱きあげて、小声でいった。「やつらはまた来たかい、モクシー？　姿を見たかい？」

家は静まりかえっていた。道のむこうで男が、消えゆく夕日をうけながら、車を洗っていたが、ウィルには目をとめなかったし、ウィルも男を見ようとしなかった。人にはできるかぎり見られないほうがいい。

ウィルはモクシーを胸に抱いたまま、ドアの鍵《かぎ》をあけ、さっと中に入った。じっと耳をすましてから、ネコをおろした。物音はしないし、家にはだれもいない。

ウィルは、モクシーのために缶《かん》づめをあけ、キッチンでたべさせておいた。あの男たちは、あとどれくらいしたらもどってくるだろうか？　わからないから、いそいで行動したほうがいい。ウィルは二階にあがり、さがしものをはじめた。

さがしているのは、古ぼけた緑色の革《かわ》の文具箱だ。ありふれた最近の家にも、あんな小さなものを隠《かく》す場所はおどろくほどたくさんある。秘密の羽目板や地下室がなくても、見つけられないようにすることはできる。ウィルはまず、母の寝室《しんしつ》をさがし、ためらいつつも、母の下着がしまってあるひきだしを調べた。それから、二階のほかの部屋を順に調べていった。自分の部屋も。モクシーが、何事かと見に来て、そばにすわって自分の体をなめはじめた。

でも、見つからなかった。

そのころには、日が落ちて暗くなっていた。ウィルは空腹だった。ベークト・ビーンズ・トーストをつくって、キッチン・テーブルにすわると、下の部屋をどういう順番で調べるのがいちばんいいか考えた。

食事を終えようとしていたとき、電話が鳴った。

ウィルは心臓をドキドキさせ、すわったまま身じろぎもせず、電話の呼びだし音を数えた。二十六回鳴ってから、電話は鳴りやんだ。ウィルは流しに皿をおくと、またさがしはじめた。

四時間たったが、緑色の革の文具箱はまだ見つかっていなかった。すでに夜中の一時半になり、ウィルは疲《つか》れきっていた。服を着たまま自分のベッドに横たわると、すぐに眠《ねむ》ってしまった。張りつめた夢をいくつか見たが、どの夢にも、母の悲しげでおびえた顔がちょうど手の届かないところに出てきた。

(三時間近く眠ったが) ほとんど寝てないような気がした。起きると同時に、ふたつのことがわかった。

第一に、文具箱がある場所。第二に、男たちが階下のキッチンのドアをあけようとしていることだ。

ウィルはモクシーをだきあげて、じゃまにならないところにおくと、眠っていたいと抗議《こうぎ》する彼女《かのじょ》をシーッといってだまらせた。それから、ベッドから脚をおろし、靴《くつ》をはき、下の音を聞こうと神経を張りつめた。かすかな音。いすが持ちあげられて、もとにもどされる音、短いひそひそ声、床《ゆか》のきしむ音。

下の男たちより静かに動いて自分の寝室を出ると、ウィルは階段のすぐそばにある客用の寝室まで、つま先立ちで歩いていった。まっ暗というわけではなかった。夜明け前の灰色のかすかな光の中に、古い足踏《あしぶ》み式ミシンが見えた。ウィルは、ほんの何時間か前にこの部屋を徹底的《てっていてき》に調べたのだが、ミシンのわきにある小物入れは調べ忘れていた。型紙や糸巻きがしまってある小物入れだ。

ウィルは耳をすましながら、小物入れを手さぐりで慎重《しんちょう》にさがした。男たちは下を動きまわっていた。ドアのはしに、ほの暗い光がちらつくのが見えた。懐中電灯《かいちゅう》だろう。

そのときウィルは、小物入れのとめ金を見つけ、カチッとあけた。思ったとおり、革の文具箱はその中に入っていた。

これからどうすればいいのか?

さしあたって、なにもできない。ウィルはうす闇《やみ》の中で、心臓をドキドキさせながらうずくまり、じっと耳をかたむけた。

ふたりの男は階下の廊下《ろうか》にいた。ひとりが静かに話すのが聞こえた。「もう行こう。通りの先に牛乳配達がいるぞ」

「まだ見つかってない」もうひとりがいった。「上も見なきゃならん」

「じゃあ、行ってこい。ぐずぐずするなよ」

ウィルが、動転するんじゃないぞと自分にいいきかせているうちに、階段のてっぺんがかすかにきしむ音が聞こえた。男は音をたてまいとしていたが、そのきしみはとめようがなかった。立ちどまった。懐中電灯の細い光が、部屋の外の床を照らした。ドアのすきまからそれが見えた。

それから、ドアが動きはじめた。ウィルは、男がドア口にあらわれるやいなや、暗闇を飛びだし、その侵入者《しんにゅうしゃ》の腹に体あたりした。

けれども、ふたりともネコには気づいていなかった。

男が階段をのぼって二階まで来たとき、モクシーがそっとウィルの寝室から出て、男のすぐうしろにしっぽを立てて立ち、男の脚に体をすりつけようとしたのだ。男は、よくきたえたたくましい体をしていたので、ウィルなどかんたんに始末できただろうが、ネコがじゃまになった。うしろにさがろうとして、ネコにつまずいた。ぎょっと息をのむと、そのままうしろむきに階段を落ちていき、ホール・テーブルに激しく頭をぶつけた。

ウィルの耳にも、ぞっとするようなバキッという音が聞こえたが、ためらわずに文具箱をつかむと、すぐさま階段の手すりをすべりおりた。階段の下に倒《たお》れてピクピク動いている男の体を飛びこえ、テーブルからぼろぼろの買い物袋をつかんだ。そして、もうひとりの男が居間から出てきて呆気《あつけ》にとられているあいだに、玄関のドアから外へ走り出た。

ウィルは、こわかったしあわててもいたが、その男がどうしてうしろから叫《さけ》んだり、追いかけてきたりしないのか、ふしぎに思うだけの余裕《よゆう》はあった。でも、どうせすぐに追ってくるだろう。車も携帯《けいたい》電話もあるのだから。とにかく、逃《に》げるしかない。

牛乳配達が近づいてくるのが見えた。すでに空を満たしている夜明けの光の中で、牛乳配達の電気カートのライトが青白く見えた。ウィルはフェンスを飛びこえ、となりの家の庭に入り、家のわきを通り、さらにとなりの庭の塀《へい》を乗りこえ、朝露《あさつゆ》に濡《ぬ》れた芝生《しばふ》を横ぎり、垣根を通りぬけ、住宅地と大通りのあいだにある木の茂《しげ》みに入った。そして、はうようにして低木の下にもぐりこむと、息切れして体をふるわせながら横たわった。大通りに出るのは、まだはやすぎる。ラッシュ・アワーがはじまるまで、待とう。

ウィルは、男の頭がテーブルにぶつかったときのあのバキッという音が忘れられなかった。妙《みょう》なかっこうにねじまがった首、ピクピク動く手足。あの男は死んだだろう。自分が殺したんだ。

忘れられなかったが、気にしてはいられなかった。考えなくてはならないことが、ほかにたくさんあった。母親のこと。かあさんは、あそこでほんとに安全だろうか？　クーパー先生はだれにも話さないだろうか？　自分が約束どおり迎《むか》えに行かなくても？　もう行けない、人を殺してしまったのだから。

モクシーのこと。だれがモクシーにえさをやるんだ？　ぼくとかあさんがいなくなってしまって、モクシーは心配するだろうか？　さがすだろうか？

しだいに明るくなってきていて、買い物袋《ぶくろ》の中身を調べられるくらいだった。母のさいふ、弁護士からのいちばん新しい手紙、イングランド南部の道路地図、板チョコ、歯みがき、着がえ用のソックスとパンツ。それに、緑色の革の文具箱。

なにもかもそろっていた。じっさいのところ、すべて計画どおりいっていた。

人を殺してしまったことをのぞいて。

ウィルが、自分の母がほかの人とちがうこと、そして自分が母の世話をしてやらなくてはならないことをはじめて知ったのは、七歳《さい》のときだ。ふたりはスーパーマーケットに行き、ある遊びをしていた。ショッピング・カートに品物を入れてもいいのは、だれにも見られていないときだけ、という遊びだ。あたりを見まわし、「いまだ」とささやくのが、ウィルの仕事だった。すると、母が棚《たな》から缶づめやパッケージをひっつかみ、さっとショッピング・カートに入れる。品物がちゃんとショッピング・カートの中におさまれば、もう安心。だれにも気づかれなかったのだ。

おもしろかったから、かなり長い時間つづけた。その日は土曜の朝で、店は満員だったが、ふたりいっしょにうまくやれたからだ。ふたりは信頼しあっていた。ウィルは母が大好きで、しょっちゅうそう口にしていたし、母もウィルにおなじことをいっていた。

レジに行ったとき、ウィルは興奮し、うきうきしていた。もう少しで成功しそうだったからだ。母は、さいふが見つからないといった——これも、遊びの一部だった。敵にさいふを盗《ぬす》まれたにちがいない、といったことさえも。しかし、そのころには、ウィルは疲れてきていたし、おなかもへっていたし、母はもうあまり楽しそうではなかった。じっさいのところ、母はおびえていた。ふたりは店の中をぐるぐるまわって、品物を棚にもどしていったが、こんどは、いっそう気をつけなくてはならなかった。敵が、母のクレジット・カードの番号によってふたりを追いつめようとしているからだ。さいふを盗んだのだから、クレジット・カードの番号はわかっているはずだ……

ウィルもだんだんこわくなってきた。現実に危険なことが起こっているが、母がウィルを動揺させないように、それをたくみに遊びにしているのだ、とウィルは気づいた。ほんとうのことを知った以上、母を安心させるためにも、こわがっていないふりをしなければならない。

だからウィルは、母が心配しないように、まだ遊びがつづいているふりをした。ふたりはなにも買わずに家に帰ったが、敵には見つからなかった。結局さいふは、ホール・テーブルの上にあった。月曜に、ふたりは念のために銀行へ行き、母の口座をとじ、ほかの銀行で新しい口座をひらいた。こうして危険は去ったのだ。

けれども、それから数か月のうちに、ウィルはしだいに、母の敵が現実の世界にいるのではなく、母の心のなかにいることを認めるようになった。それでも、敵がいることにかわりはないし、こわいし、危険だった。いっそう注意深く母を守ってやらなくてはならなかった。そして、母を心配させないようによそおわなくてはならないとスーパーマーケットで悟《さと》った瞬間《しゅんかん》から、ウィルの一部はつねに、母が不安をおぼえていないかに注意をそそぎつづけていた。ウィルは、母を守るためなら死んでもいいと思うほどに愛していた。

父にいたっては、ウィルが物心つく前にすでにゆくえ不明になっていた。ウィルは、父のことをいろいろ知りたくてしかたなかったので、よく母を質問ぜめにして困らせたものだ。母は、その質問にほとんど答えられなかった。

「とうさんは金持ちだったの？」

「どこへ行ったの？」

「どうして行ったの？」

「死んだの？」

「帰ってくるの？」

「どんな人だったの？」

母が答えられるのは、最後の質問だけだった。ジョン・パリーは、ハンサムな男で、英国海兵隊の勇敢《ゆうかん》かつ有能な士官だったが、退役《たいえき》して探検家になり、さまざまな探検隊をひきいて世界各地の辺境へおもむいていた。ウィルは、これを聞いてわくわくした。父親が探検家だなんて、そんなすごいことはない。そのとき以来、どんな遊びをするときも、ウィルには見えざる仲間がいた。ウィルと父はいっしょにジャングルを切りひらきながら進み、帆船《はんせん》の甲板《かんぱん》からあらしの海を額に手をかざして見つめ、コウモリが群がる洞《どう》くつの中のなぞの碑文《ひぶん》をたいまつをかかげて解読した……ふたりは無二の親友で、数えきれないほど命を助けあい、夜にはたき火をかこんで長いこと笑ったり話したりした。

けれども、大きくなるにつれ、ウィルは疑問をもちはじめた。どうしてふだんのとうさんの写真がないんだ。あるいは、世界のあちこちに行っていたというなら、どうしてそこで写したとうさんの写真が一枚もないんだ？　ひげが霜《しも》でおおわれた男たちといっしょに北極のそりに乗っている写真や、つる植物の密生したジャングルの中の遺跡を調べている写真が、どうしてないんだ？　家に持ち帰ったはずの記念品や骨董《こっとう》品《ひん》は、ひとつも残っていないのか？　とうさんのことが書かれた本は、一冊もないのか？

母にはわからなかった。でも、母がいったことで、ひとつウィルの心に残ったことがあった。

「いつかおまえは、おとうさんの歩んだ道をたどるだろうよ。おまえも偉大《いだい》な人間になる。おとうさんの志をついでね……」

どういう意味かはわからなかったが、感じはわかった。ウィルは、誇《ほこ》らしく思い、やる気がわいてきた。自分のやっている遊びが、現実になるんだ。とうさんは生きている。どこか未開の地で迷ってるんだ。自分がとうさんを救出して、志をつごう……そんな大きな目的があれば、たとえ苦しくても、挑戦する値打ちがある。

そんなわけでウィルは、母の問題を秘密にしておいた。母がいつもより落ちついて、頭がしっかりしているときがあった。ウィルはそういうときに、買い物や料理や掃除《そうじ》の仕方を母から教わっていたので、母が混乱しておびえているときにも、うまく家事ができた。姿を隠《かく》す方法、学校でめだたないようにしている方法、母が恐怖《きょうふ》と狂気《きょうき》のせいでほとんど口をきけないときに、近所の人の注意をひかない方法までおぼえた。ウィル自身がなによりおそれているのは、お役所が知って、母をつれさり、ウィルをどこかの施設《しせつ》に入れてしまうことだった。どんなに苦労が多くても、それよりはましだ。心の闇が晴れると、母はまた陽気になり、自分の恐怖を笑い、よく世話をしてくれたと、ウィルをほめてくれた。そんな母は、愛とやさしさにあふれていたので、ウィルはそれ以上すばらしい仲間はいないと思った。永遠に母とふたりで暮らせれば、ほかになにもいらないと思った。

けれども、そんなとき、あの男たちが来たのだ。

警官ではなかった。福祉《ふくし》関係者でもなかった。犯罪者でもなかった——少なくとも、ウィルの見るかぎり。ウィルは男たちを追いかえそうとしたが、だめだった。彼《かれ》らはウィルには用件をいわなかった。母としか話さなかった。母の状態はよくなかったのに。

ウィルは、ドアの外で耳をそばだてていた。男たちが父のことを質問しているのを聞くと、ウィルの呼吸ははやくなった。

ジョン・パリーがどこへ行ったのか、母になにか送ってきたかどうか、最後に連絡《れんらく》があったのはいつか、どこか外国の大使館と接触《せっしょく》したかどうか、男たちは知りたがった。ウィルには、母がだんだん苦痛をおぼえてきているのがわかった。とうとう、部屋のなかにかけこみ、男たちに帰ってくれといった。

ウィルがものすごい形相をしていたので、男たちは、相手がほんの子どもとはいえ、どちらも笑わなかった。その男たちなら、ウィルなどかんたんになぐり倒せただろうし、片手で床からつまみあげられただろうが、ウィルはおそれていなかったし、すさまじい怒《いか》りをあらわにしていた。

男たちは帰っていった。もちろん、この出来事によってウィルの確信は強まった。とうさんはどこかで事件に巻きこまれている。助けられるのはぼくだけだ。ウィルの遊びは、もう子どもじみたものではなくなった。あまりあからさまにやらなくなった。現実的になりつつあった。それにふさわしい行動をとらなくてはならなかった。

それからまもなく、男たちはまたやってきて、ウィルの母がなにか隠しているといった。男たちはウィルが学校に行っているときにやってきて、ひとりが階下で母としゃべっているあいだに、もうひとりが二階の寝室《しんしつ》を調べた。男たちがなにをしているのか、母にはわからなかった。でも、ウィルははやく家に帰ってきて、男たちを見つけた。ウィルはまたもや怒りくるい、男たちもまた帰っていった。

母を役所にひき渡《わた》したくないので、ウィルが警察に行ったりしないことを、男たちは知っているようだった。男たちはだんだん執拗《しつよう》になってきた。ウィルが母をつれもどしに公園に行っていたとき、男たちはとうとう勝手に家にあがりこんだ。そのころ母の状態は悪くなっていて、池の近くにあるすべてのベンチの背に手をふれなくてはならない、と信じていたので、ウィルは、はやく片づくよう手伝いに行っていたのだ。その日ふたりが家に帰ると、男たちの車が通りから消えるのが見えた。中に入ると、男たちが家じゅうひっかきまわして、ほとんどのひきだしや戸棚を調べていったことがわかった。

ウィルは、男たちがなにを手に入れようとしているのかわかった。緑色の革《かわ》の文具箱が、母のいちばんたいせつな持ちものだ。ウィルは、その中身を調べようと思ったこともないし、どこにしまってあるのかさえ知らなかった。でも、手紙が入っていることは知っていた。母がときどきその手紙を読んで、泣くことも知っていた。母が父の話をするのは、そういうときだ。だからウィルは、それこそ男たちが手に入れようとしているものだと思ったのだ。なんとかしなくちゃならないのはたしかだった。

ウィルはまず、母の隠れ家を見つけることにきめた。いくら考えても、たのめる友だちはいなかったし、近所の人はすでにあやしんでいた。信頼《しんらい》できそうなのは、クーパー先生だけだった。母の身の安全が確保できたら、ウィルは緑色の革の文具箱を見つけて、中身を調べるつもりだった。それから、オックスフォードへ行って、自分の疑問に対する答えを見つけるつもりだった。でも、男たちがはやく来すぎてしまったのだ。

しかもウィルは、ひとりを殺してしまった。

こんどは警察にも追われるだろう。

めだたないようにしているのは得意だ。これからは、いっそうめだたないようにしなくてはならないだろう。父を見つけるまで、できるかぎり長いあいだ人目をひかないようにしなくてはならない。さもないと、やつらに見つかってしまう。もし先に見つかってしまったら、あと何人でも殺してやる。

その日の遅《おそ》く、夜十二時近く、ウィルは、六十キロあまりはなれたオックスフォードの街のはずれを歩いていた。くたくたに疲《つか》れていた。ヒッチハイクをして、バスを二台乗りつぎ、歩き、夕方六時にオックスフォードに着いたのだが、しなければならないことをするには遅すぎた。そこで、〈バーガー・キング〉で食事をとり、身を隠そうと映画館に入った（なんの映画だったかは、まったくおぼえていない）。いまは、郊外《こうがい》の果てしなくつづく道を、北へむかって歩いているところだった。

これまでのところ、だれにも気づかれていなかった。けれども、そろそろどこか眠《ねむ》る場所を見つけたほうがいいことはわかっていた。遅くなればなるほど、人目についてしまうからだ。困ったことに、その通りぞいの裕福《ゆうふく》そうな家々の庭には、身をひそめる場所はなかった。しかも、空き地も見あたらなかった。

ウィルは、北へつづく道がオックスフォードの環状《かんじよう》道路と交差する大きなロータリー（環状交差点）まで来た。夜のその時間には、交通はほとんどなく、ウィルが立っている通りは静かだった。両側につづく芝生《しばふ》のむこうにたつ裕福そうな家々も、静かだった。道ばたの芝生にそって、シデの木が二列に植えられていた。どこか奇妙《きみよう》なその木々は、王冠形《おうかんがた》に完全に左右対称《たいしょう》に刈《か》りこまれ、本物の木というより子どもの描《か》いた絵のようだった。街灯がその風景を、まるで舞台《ぶたい》装置のように人工的に見せていた。ウィルは、疲労《ひろう》のあまりぼうっとなっていた。北へ進みつづけてもよかったし、どれかの木の下で芝生を枕《まくら》に眠ってもよかった。でも、立ったまま頭をはっきりさせようとしているうちに、一匹《ぴき》のネコが目に入った。

モクシーとおなじ、めすのしまネコだった。ネコは、道のオックスフォード側——ウィルが立っているほう——の庭から静かに出てきた。ウィルは買い物袋をおき、手をさしだした。ネコは近づいてきて、モクシーがするように、ウィルの手に顔をこすりつけた。もちろん、どんなネコもそんなふうにするものだが、ウィルは家が恋《こい》しくなって、思わず涙を流してしまった。

けっきょく、ネコは立ちさった。夜なので、自分のなわばりを見まわらなくてはならないし、ネズミもつかまえなくてはならないのだ。ネコはそっと道を横ぎって、シデの並木のすぐむこうの生け垣《がき》へむかった。そして、そこで立ちどまった。

見まもりつづけていたウィルは、ネコの行動が奇妙なことに気づいた。

ネコは前足をのばして、目の前の空中にあるなにかをたたこうとした。ウィルにはまったく見えないなにかを。それから、背中を弓なりに曲げて毛を逆立て、しっぽをピンと立てると、うしろに飛びのいた。ウィルは、ネコの習性をよく知っている。ウィルがさらに注意深く見まもっているうちに、ネコはまたおなじ場所に近づいていった。シデの並木と庭の生け垣のあいだの、がらんとした芝生の一画だ。そしてふたたび、空中をたたいた。

ネコはまたうしろに飛びのいたが、こんどは、さっきよりも短い距離《きょり》で、警戒心《けいかいしん》もうすれていた。さらに数秒、くんくんにおいをかいだり、さわったり、ひげをぴくぴく動かしたのち、好奇心が警戒心にうち勝った。

ネコは前に進み、姿を消してしまった。

ウィルは目をぱちくりさせた。ちょうど、一台のトラックがロータリーをまわりこんできてヘッドライトがウィルのほうをさっと照らしたので、ウィルは近くの木の幹のそばにじっと立っていた。トラックが通りすぎると、ウィルは、ネコが調べていた場所から目をそらさないようにしながら、通りを渡った。めじるしがないので、かんたんではなかったが、その場所まで行ってあちこちからよく見てみると、それが見つかった。

少なくとも、ある角度からは見えた。まるで、道路のへりから二メートルほどはなれた空中の一部が切りとられたかのようだった。おおよそ四角形で、幅《はば》は一メートルたらず。ふちにあたる部分からだと、ほとんど見えないし、うしろからは、まったく見えない。見えるのは道側、しかも道のすぐそばからだけだが、そこからもかんたんには見えない。そのむこうに見えるのは、こちら側の前にあるものとまったくおなじもの、つまり、街灯に照らされた芝生が見えるのだ。

けれどもウィルには、むこう側のその芝生が別世界なのだと、なんの疑いもなくわかった。

どうしてときかれても、まったく答えられないだろう。火が燃えるものであり、親切がいいことだとわかるように、はっきりとすぐにそうわかったのだ。なにかまったく異なる世界だ。

ウィルがさらに身をかがめてのぞきこんだ理由は、それだけだった。目にしているもののせいで、めまいがし、心臓がなおいっそうドキドキしたが、ためらわなかった。買い物袋《ぶくろ》を押《お》しこんでから、自分自身もくぐりぬけ、この世界の穴からべつの世界へと入っていった。

気がつくと、並木の下に立っていた。でも、シデの並木ではなかった。高いヤシの木だった。オックスフォードの木とおなじように、芝生にそってならんでいた。でも、幅の広い大通りのまん中で、通りぞいには、カフェや小さな店がならんでいた。どの店も明るい灯《ひ》がともり、あいていたが、星空の下で静まりかえり、だれもいなかった。暑い夜で、花の香《かお》りと、海の潮の香りが満ちていた。

ウィルは注意深くあたりを見まわした。うしろでは、満月が遠くの緑の丘陵《きゅうりょう》を照らし、丘陵のふもとの斜面《しゃめん》には、みごとな庭のある家々と、木立のある広々とした草地と、白くきらめく古代の神殿のようなものが見えた。

ウィルのすぐわきには、空中にうかぶあの部分があった。むこう側からとおなじように、こちら側からも見づらかったが、まちがいなくそこにあった。ウィルが身をかがめてのぞきこむと、彼自身の世界のオックスフォードの道が見えた。ウィルは、身ぶるいして顔をそむけた。この新しい世界がどんなものであれ、自分が去ってきた世界よりましにちがいない。もうろうとしながら、夢を見つつも起きているような感覚で、ウィルは体を起こし、案内役であるネコをさがした。

ネコは、どこにも見あたらなかった。招くように明かりがともったカフェのむこうの、狭《せま》い道や庭をすでに探検しているのだろう。ウィルは、ぼろぼろの買い物袋を持ちあげると、なにもかもが消えたりしないように慎重《しんちょう》に、そっちへむかってゆっくり通りを渡っていった。

ウィルは、英国から一度も出たことがないので、くらべようもないが、そのあたりのふんいきは、地中海かカリブ海といったところだった。人々が夜遅くのみくいにくりだし、ダンスや音楽を楽しむような場所だった。ただ、だれもいなくて、静まりかえっていた。

ウィルが最初にたどりついた角に、一軒《けん》のカフェがあった。歩道に小さな緑色のテーブルがならべられ、鉄板のカウンターに、エスプレッソ・マシーンがある。テーブルのいくつかには、のみかけのグラスがおかれていた。灰皿では、一本のタバコが燃えつきていた。ボール紙みたいにかたくなった古いロールパンの入ったバスケットの横には、リゾットの盛られた皿。

ウィルは、カウンターの奥《おく》のクーラーからレモネードを一本出し、ちょっと考えてから、レジスターのひきだしに一ポンド硬貨《こうか》を一枚入れた。いったんひきだしをしめたが、すぐにまたあけた。そこにあるお金を見れば、ここがなんという場所なのかわかるかもしれない、と思ったのだ。通貨はコロナという名前だったが、それ以上のことはわからなかった。

ウィルはお金をもとにもどすと、カウンターにとりつけられた栓《せん》ぬきでレモネードのびんをあけ、カフェを出て、大通りからはなれてぶらぶら歩いていった。小さな食料雑貨店やパン屋、宝石店、花屋、玄関《げんかん》に玉すだれのかかった民家がたちならんでいた。鉄製のバルコニーは花でいっぱいで、狭い舗装《ほそう》道路に花があふれていた。そのあたりは、さらにひっそりと静まりかえっていた。

道は下り坂になっていた。ほどなく、広い並木道に出た。ヤシの並木が高くのび、葉の下側が街灯をうけて光っていた。

並木道のむこうは、海だった。

ふと気がつくと、ウィルは、港とむかいあっていた。左は石の防波堤《ぼうはてい》、右は岬《みさき》にかこまれた港だ。岬には、石づくりの円柱と幅の広い階段と凝《こ》った装飾《そうしょく》のバルコニーのある大きな建物が、花の咲《さ》いている木々にかこまれてたち、投光照明で照らされていた。港には、ボートが一、二艘《そう》、じっと停泊《ていはく》していた。防波堤のむこうの静かな海は、星の光をうけてきらめいていた。

そのころには、ウィルの疲れはふっとんでいた。すっかり目がさめ、おどろきの思いでいっぱいになっていた。ウィルはそこまで来る途中《とちゅう》、狭い道を進みながら、ときどき、壁《かべ》やドア口や、窓の植木箱の花に手をふれてみたが、どれも本物だった。いまウィルは、目の前のすべての風景にさわってみたかった。見るだけでは信じきれないからだ。深く呼吸しながら、じっと立っていた。おそれに近いものを感じていた。

ウィルは、カフェで手に入れたびんを持ったままであることに気づいた。のんでみると、ふつうの冷えたレモネードだ。夜の空気は暑かったから、ありがたかった。

ウィルは、右手へむかってぶらぶら歩いていき、いくつかのホテルの前を通りすぎた。どのホテルも、明るく照らされた入口の上に日よけがかかり、入口のわきではブーゲンビリアが花を咲かせていた。やがてウィルは、小さな岬にある建物の庭に達した。凝った装飾の正面が投光照明で照らされた、木々にかこまれた建物は、カジノか、オペラ・ハウスといったところだった。電灯のぶらさがったキョウチクトウの木立のあいだに、小道が何本かつづいていたが、人の気配はまったくなかった。夜の鳥は歌っていないし、虫の声もしないし、ウィルの足音がするばかりだった。

庭のはしに立つヤシの木のむこうの浜《はま》べから、寄せては返す静かな波の音が聞こえてきた。ウィルは、音のするほうへ進んだ。潮は半分満ちたところか、半分ひいたところだった。水上自転車《ペダルボート》が、満潮時にも波の来ないやわらかな白砂の上に一列にならべられていた。数秒ごとに、小さな波がなぎさにうち寄せ、次の波の下にサーッともどっていった。おだやかな海の五十メートルほど沖《おき》に、飛びこみ台があった。

ウィルはペダルボートのひとつのわきにすわり、靴《くつ》を蹴《け》ってぬいだ。くたびれた安物の運動靴なので、足がむくんで痛くなっていたのだ。ウィルは靴のわきにソックスを投げると、足の指を砂にもぐりこませた。数秒後には、服をぬぎ捨て、海へむかって歩きはじめた。

海の水は、冷たいとあたたかいの中間で、ここちよかった。ウィルは、飛びこみ台までバシャバシャ泳いでいき、風雨にさらされていたんだ板の上にすわり、街のほうをながめた。

右側の港は、防波堤にかこまれていた。港の一・五キロほど先に、赤と白のしまもようの灯台があった。灯台のむこうには、断崖《だんがい》がぼんやりと見え、そのむこうには、ウィルがこっちの世界に通りぬけたときに見えた、大きな丘陵がうねっていた。

すぐ近くには、電灯のぶらさがったカジノの庭の木々、通り、ホテルやカフェや明るい灯のともった店がならぶ海べの街。どこもかしこも静まりかえり、人っ子ひとりいなかった。

そして、安全だった。ここなら、だれにも追われない。家を調べていた男には、ここはわからないだろう。警察はぜったい自分を見つけられないだろう。この世界全体が隠《かく》れ家《が》だ。

その日の朝、自分の家の玄関から外へ逃げて以来はじめて、ウィルは安心感をいだきはじめた。

またのどがかわき、おなかもへってきた。なんといっても、もうひとつの世界でたべて以来、なにもたべていなかったからだ。ウィルはまた海に入り、ゆっくり泳いで浜べにもどると、パンツをはき、服と買い物袋を持った。空きびんは、最初に見つけたごみ箱に捨て、歩道を港へむかってはだしで歩いていった。

体が少しかわくと、ジーンズをはき、食べものが見つかりそうな場所をさがした。ホテルはりっぱすぎた。ウィルは、最初のホテルのなかを見てみたが、大きすぎて、落ちつかなかった。そこで、海べの街を進みつづけ、やがて、目的にかないそうな小さなカフェを見つけた。なぜそこを選んだのかはわからない。一階のバルコニーは花の植木鉢《うえきばち》でいっぱいで、外の歩道にはテーブルといすがならべられ、ほかの十軒あまりのカフェとほとんどかわりなかったが、そこはウィルをよろこんで迎《むか》えいれてくれたのだ。

カウンターの壁には、ボクサーの写真と、にこにこ笑っているアコーディオン奏者のサイン入りのポスターがはられていた。調理場があり、そのわきのドアは、あざやかな花がらのカーペットのしかれた狭い階段に通じていた。

ウィルは、狭いおどり場まで静かにのぼり、最初のドアをあけた。通りに面した部屋だった。むし暑かった。夜の空気を入れようとバルコニーのガラス戸をあけた。部屋は小さく、そのわりには大きすぎる家具がそなえつけられ、しかも古かったが、きれいで居ごこちがよかった。きちんとした人が住んでいたのだろう。小さな棚《たな》に本がならび、テーブルには一冊の雑誌、写真立てが二、三個。ウィルはその部屋を出て、べつの部屋を調べた。小さな浴室、ダブル・ベッドのある寝室《しんしつ》。

最後のドアをあけようとしたとき、肌《はだ》がちくちくした。心臓の鼓動《こどう》がはやくなった。中から音がしたのか、確信はなかったが、その部屋にはだれかがいるような気がした。なにか妙《みょう》な感じだった。その日のはじまりは、暗い部屋の外に人が来て、自分は中でひそんでいるという状態だったのだが、いまや、立場が逆になっていた――

ウィルが思いめぐらしながら立っていると、ドアがいきなりひらき、野獣《やじゅう》のようななにかが突進《とっしん》してきた。

でも、経験からウィルは警戒していた。はり倒《たお》されるほど近くに立ってはいなかった。ウィルは必死に戦った。動物か、男か、女か、とにかく相手を、ひざで蹴り、頭突《ずつ》きをくらわせ、げんこつでなぐりつけた――

ののしりながら、あばれていた相手は、ウィルとおなじくらいの年の女の子だった。ぼろぼろのよごれた服を着て、むきだしの手足はやせほそっていた。

女の子も同時に、相手が何者かがわかると、ウィルの裸《はだか》の胸から飛びのき、暗いおどり場のすみに、追いつめられたネコみたいにうずくまった。おどろいたことに、女の子のそばにはほんとうにネコがいた。ウィルのひざくらいの背がある大きなヤマネコが、毛を逆立て、歯をむき、しっぽを立てていた。女の子はヤマネコの背に手をおき、ウィルの動きを見ながら、かわいたくちびるをなめた。

ウィルはゆっくり立ちあがった。

「だれだ？」

「ライラ・シルバータンよ」

「ここに住んでるのか？」

「いいえ」女の子は、怒《いか》りに燃えた口調でいった。

「ここはなんなんだ？　この街は？」

「知らないわ」

「どこから来た？」

「あたしの世界からよ。つながってるの。あんたのダイモン（守護精霊《せいれい》）はどこ？」

ウィルは目を見ひらいた。すると、ヤマネコに奇妙なことが起こった。ヤマネコは女の子の腕《うで》の中に飛びこむと、姿をかえたのだ。いまや、のどと腹が白い、赤茶色のオコジョになっていた。オコジョは女の子とおなじように、ウィルをにらみつけた。けれども、ほんとうは、女の子もオコジョも、まるで幽霊《ゆうれい》でもあらわれたかのようにウィルをすごくこわがっていたのだ。

「デーモンなんて持ってないさ」ウィルは答えた。「いったいどういう意味なのさ……あっ、そうか！　それがきみのデーモンなのか？」

女の子はゆっくり立ちあがった。オコジョは女の子の首に巻きつき、黒い目をウィルの顔からけっしてそらさなかった。

「だけど、あんたは生きてるわ」女の子は、信じられないようにいった。「そんなこと……そんなことありえないはず……」

「ぼくはウィル・パリーだ」ウィルはいった。「きみのいうデーモンって、なんなのさ。ぼくの世界じゃ、デーモンってのは……悪魔《あくま》を意味するんだ、邪悪《じゃあく》なものを」

「あんたの世界？　ここはあんたの世界じゃないの？」

「ああ。見つけたばかりさ……入る場所を。きみの世界とおなじじゃないかな。きっと、つながってるんだ」

女の子は少し気をしずめたが、ウィルをじっと見つめつづけていた。ウィルは、仲よくなろうとしている奇妙なネコを相手にしているように、落ちついていた。

「この街で、ほかにだれか見かけたかい？」ウィルは話をつづけた。

「いいえ」

「ここに来たのはいつ？」

「わかんない。二、三日前よ。おぼえてないわ」

「どうしてここに来たんだ？」

「ダストをさがしてるの」

「ちり《ダスト》をさがしてる？　砂金《ゴールド・ダスト》のことかい？　どんなダストさ？」

女の子はけわしい目つきをしてなにもいわなかったので、ウィルは、下の階に行くことにした。

「おなかがへってるんだ。キッチンになにか食べものがあるかなあ？」

「さあ……」女の子は、少しはなれてついてきた。

キッチンには、チキンとタマネギとこしょうといったキャセロール用の材料があったが、調理されていなくて、暑さの中でひどいにおいがしていた。ウィルは、全部ごみ箱に捨てた。

「なにもたべていないのか？」ウィルはそうききながら、冷蔵庫をあけた。

女の子はのぞきに来た。

「ここにこんなものがあるなんて、知らなかった。ああ！　すずしい……」

ダイモンはまた姿をかえ、あざやかな色の大きなチョウになっていた。チョウはひらひらと飛んで冷蔵庫の中にちょっと入ってから、すぐに出てきて、女の子の肩《かた》にとまった。そして、はねをゆっくり上げたり下げたりした。ウィルは、じろじろ見ないほうがいいと思った。あまりにふしぎなので、めまいがしそうだった。

「冷蔵庫を見たことがないのか？」

ウィルは缶入《かんい》りのコーラを見つけ、女の子に渡《わた》してから、卵を出した。女の子は、うれしそうにコーラの缶を両の手のひらではさんだ。

「のめよ」ウィルはいった。

女の子は、まゆをひそめてコーラの缶を見た。あけ方を知らないのだ。ウィルがあけてやると、あわがふきだした。女の子は疑わしそうになめてから、目を大きく見ひらいた。

「これがおいしいの？」女の子の口調は、期待と恐怖《きょうふ》が半々だった。

「ああ。この世界にもコークがあるみたいだ。ぼくがのんで、毒じゃないって証明してみせるよ」

ウィルはべつの缶をあけた。ウィルがのむのを見るなり、女の子は右へならえした。

あきらかにのどがかわいているようだった。鼻にあわがかかるくらい、いそいでのんでいた。鼻をすすり、げっぷをした。ウィルが見ると、顔をしかめた。

「オムレツをつくるよ」ウィルはいった。「きみもたべるかい？」

「オムレツってなにか、知らないんだけど」

「見てれば、わかるさ。ベークト・ビーンズの缶もあるよ」

「ベークト・ビーンズも知らないわ」

ウィルは缶を見せた。女の子は、コーラの缶とおなじ、パチンとあけるところをさがした。

「こいつは缶切りを使わなきゃならないんだ」ウィルはいった。「きみの世界には、缶切りもないのか？」

「あたしの世界では、使用人が料理をつくるのよ」女の子は、さげすむようにいった。

「むこうのひきだしを見てくれ」

女の子が、ナイフやフォークをガチャガチャ動かしながら缶切りをさがしているあいだに、ウィルは卵を六個わってボウルに入れ、フォークでかきまわした。

「それだ」ウィルは見ながらいった。「その赤い柄《え》のついたやつ。それを持ってきて」

ウィルは缶に穴をあけ、切り方を教えた。

「こんどは、フックからその小さなシチューなべをとって、ベークト・ビーンズを入れて」

女の子はベークト・ビーンズのにおいをかぎ、うれしさと疑いのまじった表情を目にうかべた。缶の中身をシチューなべにあけ、指をなめ、ウィルを見た。ウィルは、卵に塩とこしょうをふり、冷蔵庫にあったバターを小さく切って鉄製の平なべに入れた。それから、カウンターに行って、マッチを見つけた。ウィルがもどってみると、女の子は、かきまぜた卵によごれた指を突っこみ、むさぼるようになめていた。またヤマネコになったダイモンも、前足を卵に突っこんでいたが、ウィルが近づくと、あとずさりした。

「まだできてないぞ」ウィルは、卵の入ったボウルをとりあげた。「最後に食事したのはいつなのさ?」

「スバールバルのおとうさんの家でよ。何日も前。わかんない。ここでパンやなんかを見つけて、たべたけど」

ウィルはガス・コンロをつけ、バターをとかし、卵を注ぎこみ、平なべいっぱいにひろげた。女の子は、むさぼるようにすべての動きを目で追っていた。ウィルは、平なべの中央に卵を集めてやわらかく盛りあげてから、平なべをかたむけ、あいている場所に生の卵を流した。女の子は、ウィルの顔と、手と、むきだしの肩と、足も見ていた。

オムレツが焼きあがると、ウィルは、フライ返しでおり重ねて半分に切った。

「皿を二、三枚見つけてきてよ」ウィルはいった。女の子はすなおにしたがった。女の子は、納得《なっとく》がいくことなら指図されてもいとわないようだった。そこでウィルは、カフェの正面のテーブルをきれいにふいてくれるようにいった。ウィルは、食べものと、ひきだしにあったナイフとフォークを外に持っていった。ふたりは、少し気づまりなふんいきのまま、いっしょにすわった。

女の子は、一分たらずで自分の分をたべてしまった。それから、いすにすわったまままそわそわと体をゆすったり、編んでつくられたいすの合成樹脂の片はしをむしったりしていた。そのあいだに、ウィルはオムレツをたべおえた。女の子のダイモンはまた姿をかえ、ゴシキヒワになり、テーブルの上に落ちた小さなかけらをついばんでいた。

ウィルはゆっくりたべた。ベークト・ビーンズはほとんど女の子にやったが、それでもずっと長い時間かかった。前方の港も、人通りのない大通りも、暗い夜空の星も、まるでほかになにも存在しないかのように深い静寂《せいじゃく》につつまれていた。

そのあいだもずっと、ウィルは女の子に対して警戒《けいかい》をおこたらなかった。その女の子は小さくてやせていたが、強じんで、トラのように戦った。ウィルのげんこつがあたったほおには青あざができていたが、女の子は気にもとめていなかった。表情には、はじめてコーラをのんだときのような幼さと、なにか深く悲しい警戒心がまじっていた。目はうす青で、髪《かみ》は、洗えばダーク・ブロンドのようだった。体はよごれ、何日間も風呂《ふろ》に入っていないようなにおいがした。

「ローラだっけ？　ララだっけ？」ウィルはいった。

「ライラよ」

「ライラ……シルバータンだっけ？」

「ええ」

「きみの世界はどこにあるんだ？　どうやってここに来たんだ？」

女の子は肩をすくめた。「歩いてきたのよ。霧《きり》がたちこめてたの。どこへ進んでるのか、わからなかった。自分の世界から出ようとしてるということだけは、わかったけど。霧が晴れるまで、この世界は見えなかったわ。気がついたら、ここにいたの」

「ダストがどうしたといってたっけ？」

「ダスト、ね。あたしはダストの正体をつかもうとしてるの。だけど、この世界にはなにもないみたい。だれもいないから、質問もできないし。あたしがここに来たのは……わかんないけど、三日か、四日前よ。ここにはだれもいないわ」

「でも、どうしてダストの正体をつかみたいんだい？」

「特別なダストなの」女の子は短く答えた。「ただのちり《ダスト》じゃないの」

ダイモンがまた姿をかえた。一瞬《いっしゅん》のうちに、ゴシキヒワからネズミになったのだ。赤い目をした、強そうでまっ黒なネズミに。ウィルは、大きく目を見ひらいて警戒するようにネズミを見た。女の子はウィルの視線に気づいた。

「あんたもダイモンを持ってるんでしょ」女の子は、断固たる口調でいった。「自分の中に」

ウィルは、どういったらいいのかわからなかった。

「持ってるはずよ」女の子はつづけた。「でなきゃ、人間じゃないもの。あんたは……半分死んでることになるわ。あたしたち、ダイモンと切りはなされた子どもを見たけど、あんたは、それとはちがう。ダイモンを持ってることを知らないとしても、持ってるのよ。はじめあんたを見たときは、びっくりしたわ。悪夢に出てくるおばけかなんかだと思った。でも、あたしたち、あんたがそんなんじゃないとわかったわ」

「あたしたち？」

「あたしとパンタライモン。あたしたちよ。あんたのダイモンは、あんたとわかれてないんだわ。あんたなのよ。あんたの一部なの。ダイモンはあんたの中にいるのよ。あんたの世界には、あたしたちみたいなのはいないの？　みんなあんたとおなじで、ダイモンは隠《かく》されてるの？」

ウィルは、うす青の目をしたやせっぽちの女の子と、彼女《かのじょ》の腕に抱《だ》かれている黒いネズミのダイモンを見て、ひどく孤独《こどく》を感じた。

「ぼくは疲《つか》れてるんだ。寝《ね》るよ」ウィルはいった。「きみはこの街にずっといるつもりかい？」

「さあ、わかんない。さがしてるもののことをもっと知らなくちゃならないの。この世界には、学者がいるにちがいないわ。そのことを知ってる学者がきっといるはずよ」

「この世界にはいないんじゃないかな。でも、ぼくは、オックスフォードという場所からここに来たんだ。きみが学者に会いたいなら、そこにはたくさんいるよ」

「オックスフォードですって？」女の子は大声をあげた。「あたしもそこから来たのよ！」

「じゃあ、きみの世界にもオックスフォードがあるんだな？　きみはぼくの世界から来たんじゃないんだから」

「ええ」女の子はきっぱりといった。「ちがう世界だけど、あたしの世界にもオックスフォードがあるわ。あたしたち、ふたりとも英語を話してるでしょ？　ほかにもおなじものがあってもふしぎはないわ。あんたはどうやってここに来たの？　橋かなにかがあるの？」

「空中に窓みたいなものがあるのさ」

「見せて」

それは要求ではなく、命令だった。ウィルは首をふった。

「いまはだめだよ。眠《ねむ》りたいんだ。真夜中だしね」

「じゃあ、朝になったら見せて！」

「いいよ、見せてやる。でも、ぼくにもやらなきゃならないことがあるんだ。学者は自分で見つけてくれよ」

「かんたんよ。学者のことはなんでも知ってるんだから」

ウィルは皿をまとめると、立ちあがった。

「ぼくが料理したんだから、きみが皿を洗ってくれ」

女の子は、信じがたいような顔をした。「皿を洗えですって？」あざけるようにいった。「きれいな皿がいくらでもあるでしょ！　とにかく、あたしは使用人じゃないわ。皿なんか、洗うもんですか」

「なら、通り道を教えてやらないぞ」

「自分で見つけるわ」

「見つけられないさ、隠れてるんだから。見つけられるもんか。いいかい、ぼくたちがこの場所にいつまでいるかはわからない。たべなきゃならないから、ここにあるものをたべるけど、あとでちゃんと片づけて、よごさないようにする。だって、そうするべきだからね。きみはこの皿を洗うんだ。ぼくたちは、この場所をきちんと使わなきゃならない。ぼくはもう寝る。部屋はべつにするよ。それじゃ、朝にね」

ウィルは建物の中にもどると、ぼろぼろの買い物袋《ぶくろ》から出した歯みがきと指で歯をみがき、すぐに眠りに落ちた。

ライラは、ウィルが眠ったと確信するまで待ってから、皿をキッチンへ持っていき、水をかけて、きれいになるまで布でごしごしこすった。ナイフとフォークについてもおなじことをしたが、オムレツをつくった平なべはそのやり方ではだめだったので、黄色っぽい家庭用石けんを使ってみた。ねばり強く洗っているうちに、平なべはようやく思いどおりにきれいになった。それから、ほかの布でなにもかもふいて、水切り板の上にきちんと積み重ねた。

まだのどがかわいていたし、もう一度缶をあけてみたかったので、ライラはまたコーラの缶をあけ、二階に持っていった。ウィルの部屋のドアの前で耳をすましたが、なにも聞こえなかった。つま先で歩いてべつの部屋に入り、枕《まくら》の下から真理計《アレシオメーター》を出した。

ウィルのことを質問するのにウィルに近づく必要はなかったが、ライラはどっちみち見てみたかったので、できるかぎり静かにウィルの部屋のドアノブをまわして、中に入った。

外の海岸側の光が、二階の部屋にさしこんでいた。天井《てんじょう》から反射する光の中で、ライラは、眠っている男の子を見た。けわしい表情をうかべた顔は、汗《あせ》で光っていた。がっしりした体をしていたが、ライラとたいして年がかわらなかったので、もちろん、おとなのような体つきではなかった。でも、いつかたくましい男になりそうだ。この子のダイモンが見えたら、もっとかんたんにわかるのに！　この子のダイモンはどんな姿をしているんだろう。もう姿が定まっているんだろうか。どんな姿であれ、荒々《あらあら》しいが礼儀《れいぎ》正しく、悲しげな性質をあらわしているはずだ。

ライラは窓までつま先で歩いていった。街灯の光の中で、真理計の三つの短い針を慎重《しんちょう》にセットし、心をリラックスさせて質問した。長い針が動きはじめ、目にもとまらぬはやさでまわってはとまる、という動きをくりかえした。

ライラはこうたずねていたのだ。〈彼《かれ》は何者？　味方、それとも敵？〉

真理計は答えた。〈人殺しだ〉

答えがわかると、ライラはすぐに肩の力をぬいた。この男の子は、食べものを見つけられるし、オックスフォードへ行く方法を教えてくれる。それは役に立つ力だ。信《しん》頼《らい》できないかもしれないし、ひきょう者かもしれないけれど。人殺しは、仲間にするに値《あたい》する。ライラは、ウィルといっしょにいると、あのよろいをつけたクマ、イオレク・バーニソンといっしょにいるときのように安心できた。

ライラは、朝日が男の子の顔にささないように、ひらいたままの窓にブラインドをおろしてから、つま先で歩いて部屋から出た。

2 魔女《まじょ》たちのあいだで

ライラとほかの子どもたちをボルバンガーの実験基地から救いだし、ライラといっしょにスバールバルの島まで飛んだ魔女、セラフィナ・ペカーラは難儀《なんぎ》していた。スバールバルの監禁《かんきん》場所からアスリエル卿《きょう》が逃《に》げたあとに発生した大気の乱れのせいで、セラフィナ・ペカーラとその仲間は、島から何キロも先の凍《こお》った海の上空へ吹《ふ》き飛ばされてしまった。それから、何人かの魔女は、テキサスの気球乗り、リー・スコーズビーの損傷をうけた気球とどうにかいっしょに進んだが、セラフィナ自身は、アスリエル卿の実験によって空にできたすきまから流れこんできた霧《きり》の層の中に飛ばされてしまったのだ。

やっと安定して飛べるようになったとき、セラフィナ・ペカーラがまっ先に考えたのは、ライラのことだった。セラフィナは、にせのクマの王と本物の王、イオレク・バーニソンとの戦いのことをなにも知らなかったし、そのあとライラがどうなったかも知らなかった。

だから、ライラをさがしはじめ、雲《クラウド》マツ《パイン》の枝にまたがり、ハクガンのダイモン、カイサとともに、くもった金色がかった空を飛んでいった。彼《かれ》らは少し南、スバールバルのほうへもどっていき、奇妙《きみょう》な光と影《かげ》をともなった乱気流の下を数時間飛びつづけた。肌《はだ》にあたる光が不安定にゆれ動くので、セラフィナ・ペカーラには、それが別世界からのものだとわかった。

しばらくしてから、カイサがいった。「見ろ！　魔女のダイモンだ、迷ってるんだ……」

セラフィナ・ペカーラが、層をなした霧ごしに見ると、うすぼんやりした光の中で、アジサシが旋回《せんかい》しながら叫《さけ》んでいた。セラフィナとカイサは、むきをかえて、そのダイモンのほうへ飛んでいった。彼らが近づいてくるのを見ると、魔女のダイモンはおどろいて急上昇《きゅうじょうしょう》したが、セラフィナ・ペカーラは友好の合図を送った。ダイモンは彼らのそばにおりてきた。

セラフィナ・ペカーラはきいた。「あなたはどの一族？」

「タイミルだ」魔女のダイモンは答えた。「ぼくの魔女がつかまってしまって……ぼくたちの仲間は追っぱらわれたんだ！　ぼくは迷って……」

「あなたの魔女をつかまえたのはだれ？」

「サルのダイモンをもった女だ。ボルバンガーから来た……ぼくを助けてくれ！　ぼくたちを助けてくれ！　こわいんだ！」

「あなたの一族は、あの子どもを切る連中と同盟を結んでいたの？」

「ああ、やつらがなにをしているかわかるまで……ボルバンガーの戦いのあと、やつらはぼくたちを追っぱらったが、ぼくの魔女はつかまってしまって……船に乗せられて……どうしたらいいんだろう？　ぼくを呼んでるけど、見つけられないんだ！　助けて、ぼくを助けてくれ！」

「静かにしろ」ガンのダイモン、カイサがいった。「下の音を聞くんだ」

彼らは、鋭《するど》い聴覚《ちょうかく》でじっと聞きながら、すーっと降下していった。セラフィナ・ペカーラがまもなく、霧のせいでくぐもった、ガス・エンジンのうなりを聞きとった。

「こんな霧のなかで船を操縦《そうじゅう》するなんてむちゃだ」カイサがいった。「どういうつもりだろう？」

「船より小さいエンジンよ」セラフィナ・ペカーラがそういっているうちに、べつの方向から新たな音が聞こえてきた。巨大《きょだい》な海の生きものが深みから呼んでいるような、低く荒々《あらあら》しくふるえる音だ。数秒つづいてから、ぱったりやんだ。

「霧笛《むてき》よ」セラフィナ・ペカーラはいった。

低空を旋回し、もう一度ガス・エンジンの音をさがしているうちに、いきなり出くわした。霧がいくつも層をなしているせいだ。一隻《せき》の大型ボートがバスンバスンと音をたてながら、湿《しめ》った空気の中をゆっくり進んできたとたん、魔女は急上昇してかろうじて姿を隠《かく》した。波は、ゆったりと動く油みたいで、盛りあがるのをしぶっているかのようだった。

彼らは、弧《こ》を描《えが》きながら上昇した。アジサシのダイモンは、母親のそばをはなれない子どものように、ぴったりくっついてきた。また霧笛が鳴り響《ひび》いて、見ると、操舵《そうだ》手《しゅ》が針路を微調整《びちょうせい》していた。へさきにはライトがとりつけられていたが、ライトが照らすのは、前方数メートルの霧だけだった。

セラフィナ・ペカーラは、迷子のダイモンにきいた。「あの連中に手をかしてる魔女がまだいるって、いったかしら？」

「いると思う――ボルゴルスクの背教の魔女が何人か――まだ逃げてないならだが」ダイモンは答えた。「どうするつもりだ？　ぼくの魔女をさがしてくれるのかい？」

「ええ。でも、さしあたっては、カイサといっしょにいて」

セラフィナ・ペカーラは、上空にダイモンを残したまま、大型ボートめがけて降下し、操舵手のすぐうしろにおりたった。操舵手のカモメのダイモンがやかましく鳴いたので、操舵手はふりかえった。

「ずいぶんと時間がかかったんだな」操舵手はいった、「前を飛んで、船の左舷《さげん》へ導いてくれ」

セラフィナ・ペカーラはすぐに飛びたった。うまくいった。この連中はまだ魔女の助けをかりていて、操舵手は、セラフィナがその魔女のひとりだと思ったのだ。たしか、左舷灯は赤だ。セラフィナは、霧の中をあちこち見まわし、百メートルたらず先に、ぼんやりした光を見つけた。いそいでもどり、大型ボートの上空を舞《ま》いながら、操舵手に方向を指示した。操舵手は速度を落とし、のろのろと進み、一隻の船の喫水《きっすい》線《せん》の上にかけられた乗下船用のはしごまで大型ボートを持っていった。操舵手が叫ぶと、ひとりの船乗りが上から綱《つな》を投げ、もうひとりがいそいではしごをおりて、ボートに飛びうつった。

セラフィナ・ペカーラは船の手すりに飛んでいき、救命ボートのそばの陰《かげ》に身をひそめた。ほかの魔女は見あたらないが、たぶん空をパトロールしているのだろう。カイサは、どうすればいいか、ちゃんとわかっている。

下のほうで、ひとりの乗客が大型ボートからはなれ、船のはしごをのぼった。けれども、毛皮に身をつつみ、フードをかぶっていたので、だれだかわからなかった。けれども、その人物が甲板《かんぱん》に達したとき、金色のサルのダイモンが、さっと手すりにのり、邪悪《じゃあく》なきらめきをはなつ黒い目であたりを見まわした。セラフィナははっと息をのんだ。コールター夫人だ。

黒っぽい服を着た男が、いそいで甲板に出てきて、コールター夫人を出迎《でむか》えた。そして、ほかにもだれかが来るものと思っているのか、あたりを見た。

「ボーリアル卿は――」男はいいかけた。

けれども、コールター夫人がさえぎった。「彼はほかの場所に行ったわ。拷問《ごうもん》はもうはじめちゃったの？」

「ええ、コールター夫人」男は答えた。「しかし――」

「わたしは、待つように命じたのよ」コールター夫人は鋭い口調でいった。「わたしの命令はもうきけなくなったのかしら？　この船には、もっと規律が必要かもしれないわね」

コールター夫人はフードをあげた。セラフィナ・ペカーラは黄色い光の中で、コールター夫人の顔をはっきり見た。尊大で、激しい気性《きしょう》の顔つきで、魔女の目にはすごく若く見えた。

「ほかの魔女はどこにいるの？」コールター夫人はきいた。

船の男は答えた。「みんな行ってしまいました。自分の国へ飛びさりました」

「でも、魔女がボートを誘導《ゆうどう》したわ。彼女《かのじょ》はどこに行ったの？」

セラフィナ・ペカーラは身をすくめた。あのボートの水夫は、最新の状況《じょうきょう》を知らなかったようだ。聖職者のかっこうをした男は、当惑《とうわく》してあたりを見た。しかし、コールター夫人はいらだっていたので、上空と甲板をざっと見たあと、首をふり、彼女のダイモンといっしょに、黄色い光を投げているひらいたままのドアからさっさと中に入った。男はあとを追った。

セラフィナ・ペカーラは、あたりを見まわして、自分の位置をチェックした。彼女が隠れているのは、手すりと中央の船楼《せんろう》とのあいだの狭《せま》い甲板にある通風孔《つうふうこう》のうしろだった。煙突《えんとつ》の下のほう、船首側に、談話室があった。その部屋の窓は、明かりとり用の小窓でなく、外がよく見わたせるようにふつうの窓が三つの方向につけられていた。コールター夫人たちが入ったのはそこだ。その窓から、霧につつまれた手すりに光がたっぷりもれ、最前部のマストと、帆布《ほぬの》でおおわれたハッチがぼんやり見えた。なにもかもがしぼれるほど湿り、凍りつきはじめていた。そのままそこにいれば、だれにも見られないだろう。でも、もっとよく見るためには、隠れ場所から出なくてはならない。

それはまずいことだが、マツの枝があれば逃げられるし、短剣《たんけん》と弓があれば戦える。セラフィナ・ペカーラは、通風孔のうしろに枝を隠すと、甲板をそっと歩いて、最初の窓まで行った。その窓はくもっていて、よく見えなかった。声も聞こえなかった。セラフィナは陰にもどった。

できることがひとつあった。ひどく危険だし、体力を消耗《しょうもう》するので、気がすすまなかったが、選択《せんたく》の余地はないようだった。姿を見えなくする一種の魔法だ。もちろん、ほんとうに見えなくすることはできない。これは精神的な魔法で、呪文《じゅもん》をとなえると、姿が消えるのではなく、ただ気づかれなくなるというつつましやかなものだ。うまく使えば、姿を見られることなく、人でいっぱいの部屋を通りぬけられるし、ひとり旅の旅行者のそばを気づかれずに歩くこともできる。

そこで、セラフィナ・ペカーラは気を落ちつけ、まったく人の注意をひかない状態に自分をかえようと精神を集中した。数分で、これでだいじょうぶという状態になった。セラフィナは試してみようと、隠れ場所から出て、道具袋《ぶくろ》を手に甲板をやってくる船乗りに近づいていった。船乗りは、わきに寄ってセラフィナをよけたが、一度も彼女を見ることはなかった。

これで準備はできた。セラフィナ・ペカーラは、こうこうと灯《ひ》のついた談話室まで行き、ドアをあけた。部屋にはだれもいなかった。セラフィナは、必要なら逃げられるようにその外側のドアを半びらきにして、部屋の奥《おく》のドアを見た。ドアのむこうには階段があって、船の内部へつうじていた。セラフィナは階段をおり、狭い廊下《ろうか》に出た。その廊下は、白く塗《ぬ》られたパイプが通り、アンバリック・ライトに照らされていた。船の前からうしろまでまっすぐのび、両側にいくつかドアがあった。

セラフィナが、耳をすましながら静かに歩いていくと、やがて声が聞こえた。会議中のようなふんいきだった。

セラフィナはドアをあけ、中に入った。

十人あまりが、大きなテーブルをかこんでいた。ひとりかふたりが、一瞬《いっしゅん》目をあげ、ぼんやりとセラフィナを見たが、すぐに目をそらした。セラフィナはドアのそばに静かに立ち、見まもった。会議の議長をつとめているのは、枢機卿《すうきけい》のローブを身にまとった年配の男。ほかの者は、コールター夫人をのぞいて、聖職者のかっこうをしているようだった。女はコールター夫人だけだ。コールター夫人は毛皮の服をいすの背にかけていた。船内のあたたかさのために、そのほおは赤らんでいた。

セラフィナ・ペカーラは、じっくり部屋を見まわした。部屋には、ほかにも人間がいた。カエルのダイモンをもった、やせこけた顔の男が、革装《かわそう》の本と黄ばんだ紙が積みあげられたテーブルの片側にすわっていたのだ。セラフィナははじめ、書記か秘書かと思ったが、その男がやっているのは特殊なことだった。大きな腕時計《うでどけい》か羅針盤《らしんばん》のような金色の道具をじっと見て、一分かそこらごとに、なにやらわかったことをメモする。それから、本をひらき、索引《さくいん》を骨折ってチェックし、参照箇所《かしょ》を見てから、それも書きとめ、また道具をじっと見つめるのだ。

セラフィナは、テーブルの話しあいに注意をもどした。〝魔女〟ということばが聞こえたからだ。

「彼女は、あの子どものことを知っています」聖職者のひとりがいった。「なにかを知っていると白状しました。魔女たちはみんな、あの子どものことをなにかしら知っているんです」

「コールター夫人は、なにを知っておるんでしょうかな」枢機卿がいった。「コールター夫人には、われわれに話しておくべきだったことがあるのでは？」

「もっとはっきりいってくださらないかしら」コールター夫人はひややかな口調でいった。「あなたはわたしが女であることをお忘れですわ、猊下《げいか》。〝教会の君子〟である枢機卿ほど知恵《ちえ》が働かないんですから。わたしがあの子どものことを知っているはずだと、わざわざあたりまえのことをいうのは、どういうことですの？」

枢機卿の表情はなかなか意味深長だったが、なにもいわなかった。ややあってから、べつの聖職者が弁解するようにいった。

「お告げがあるようなんです。あの子どもに関するお告げでしてね、コールター夫人。さまざまなしるしがあらわれています。まずはじめに、あの子の出生の状況です。ジプシャンも彼女のことをなにか知っています――魔女の油や、人をまどわす燐火《りんか》、神秘的といったことばを使って、あの子の話をします――ジプシャンの男たちをボルバンガーへ連れていくのに成功しましたしね。それに、クマの王イオファー・ラクニソンをおどろくほど巧妙《こうみょう》に退けました。あれはただの子どもではありません。たぶん、フラ・パベルがもっと話してくれるでしょう……」

その聖職者は、真理計《アレシオメーター》を読んでいる男に目をやった。やせこけた顔の男は、まばたきして目をこすり、コールター夫人を見た。

「ご存じかもしれませんが、あの子の持っているものをのぞけば、残っている真理計はこれだけです」男はいった。「ほかの真理計は、教権機関の命令により、すべて入手されるか、破壊《はかい》されました。わたしがこの道具から知ったところでは、あの子はジョーダン学寮《がくりょう》の学寮長から真理計をもらいました。独学で読み方をおぼえ、本の助けをかりずに使えます。真理計を疑うことができるなら、わたしもそうしたいところですがね。本なしでこの道具を使うなど、わたしには思いもよらないことです。何十年もこつこつと研究して、やっとなんらかの理解を得るというものなんです。あの子は、真理計を手にしてから数週間たらずで読みはじめ、いまやほとんど完璧《かんぺき》にマスターしています。どんな学者にも不可能なことで、人間わざとは思えません」

「その子はいまどこにいるんだね、フラ・パベル？」枢機卿がきいた。

「別世界です」フラ・パベルはいった。「もう手おくれです」

「魔女が知ってるはずだ！」べつの男がいった。その男のニオイネズミ《マスクラット》のダイモンは、ひっきりなしに鉛筆《えんぴつ》をかじっていた。「あの魔女の話以外はすべてつじつまが合う！もう一度拷問にかけるべきだ！」

「お告げというのはなんなの？」コールター夫人がきいた。しだいに怒《いか》りをつのらせていた。「わたしには秘密にしておこうっていうの？」

コールター夫人の力が一同より上なのは、あきらかだった。金色のサルは、テーブルをじろっと見まわした。だれも金色のサルの顔を見ることはできなかった。

枢機卿だけが、たじろがなかった。枢機卿のダイモンのコンゴウインコは、片方の足をあげ、頭をかいた。

「あの魔女は、とほうもないことをほのめかしておる」枢機卿はいった。「それが意味することを、わたしは信じたくない。もし真実なら、人類がこれまでに負ったもっともたいへんな責任を、われわれは負うことになる。もう一度きかせてもらいますぞ、コールター夫人——あの子と父親のことを、なにか知っていますかな？」

コールター夫人の顔は、怒りのあまり、チョークのように白くなった。

「わたしを尋問《じんもん》しようというんですか？」コールター夫人は激しい口調でいった。「魔女《まじょ》から聞いた話を、わたしには教えないというんですか？　そのうえ、わたしがなにか隠していると？　わたしがあの子の味方だと思うんですか？　それどころか、彼女の父親の味方だと？　わたしをあの魔女とおなじように拷問にかけたほうがいいと思っているんでしょう。ええ、たしかに、わたしたちはみんな、あなたの指揮下にあります、猊下。あなたは指をパチンと鳴らすだけで、わたしをばらばらにひき裂《さ》かせることができますわ。でも、もし肉のかけらをひとつ残らず調べたとしても、答えは見つからないでしょう。だって、わたしはお告げのことなんてなにも知らないから。あなたがなにを知っているのか、こっちこそ聞きたいくらいです。あの子はわたしの子ども、じつの子どもなんです。不義によって世間体をはばかる生まれ方をしたけれど、それでもわたしの子どもなんです。わたしが知る権利のあることを隠しているのは、あなたのほうじゃないですか！」

「どうか」べつの聖職者がおどおどといった。「どうか、コールター夫人。魔女はまだほとんど話していないのです。これからもっと聞けるでしょう。スターロック枢機卿ご自身、魔女がほのめかしただけ、とおっしゃっているわけで」

「魔女が白状しなかったら？」コールター夫人はいった。「じゃあ、どうするの？推測しろというの？　びくびくしながら、推測するだけなの？」

フラ・パベルがいった。「推測するわけではありません。いままさに、わたしは真理計にそのことをきこうとしているわけでして。魔女からにせよ、真理計の読み方の本からにせよ、答えはわかるでしょう」

「いつわかるの？」

フラ・パベルは、うんざりしたようにまゆをつりあげた。「かなり時間がかかります。ひじょうに複雑な質問なもので」

「魔女なら、すぐに答えをいうわ」

コールター夫人は立ちあがった。彼女をおそれうやまうように、ほとんどの男も立ちあがった。すわったままでいるのは、枢機卿とフラ・パベルだけだった。セラフィナ・ペカーラは、けんめいに姿の見えない状態を保ちながら、うしろにさがった。金色のサルが歯ぎしりしていた。そのきらめく毛は、逆立っていた。

コールター夫人がサルを肩《かた》にのせた。

「さあ、魔女に質問しに行きましょう」

コールター夫人は勢いよく廊下に出ていった。男たちは、あわててあとを追い、押《お》しあいへしあいしながら、セラフィナ・ペカーラの前を通りすぎた。セラフィナは、動揺《どうよう》しながらも、どうにかいそいでわきに寄ることができた。最後に、枢機卿が出ていった。

セラフィナは、しばらく時間をかけて心を落ちつけた。気持ちの乱れのために、姿があらわれてきてしまったからだ。落ちつくと、聖職者たちのあとを追って廊下を進み、小さな部屋に入った。家具のない、白くて暑い部屋だった。全員、中央にいるひどいありさまの者をとりかこんでいた。スチールのいすにきつくしばりつけられた魔女。青白い顔に苦痛の表情をうかべ、脚《あし》はよじれて折れていた。

コールター夫人が魔女を見おろすように立った。セラフィナは、ドアのすぐそばにいることにした。長いあいだ見られないでいることはできない、とわかったからだ。こんな状況では、むずかしすぎる。

「さあ、あの子のことを話すのよ」コールター夫人はいった。

「おことわりよ！」

「じゃあ、痛いめにあうことになるわ」

「もう充分《じゅうぶん》あったわ」

「もっと痛いめにあわせてやるわ。わたしたちの教会には、千年の経験があるのよ。果てしなく痛めつけることもできるんですからね。さあ、あの子のことを話しなさい」コールター夫人は手をのばして、魔女の指を一本折った。ボキッと音がした。

魔女は叫《さけ》んだ。セラフィナ・ペカーラの姿は、一秒ほど、みんなに見えるようになった。聖職者のうちひとりかふたりが、とまどいおそれながら、セラフィナを見た。けれども、セラフィナはすぐに落ちつきをとりもどした。聖職者たちは拷問に目をもどした。

コールター夫人がつづけていった。「もし答えないなら、一本ずつ折っていくわよ。あの子のことでなにを知ってるの？　さあ、話しなさい」

「わかったわ！　おねがい、おねがいだから、もうやめて！」

「じゃあ、答えなさい」

また、胸の悪くなるようなボキッという音がした。もうすでに、魔女は泣きじゃくっていた。セラフィナ・ペカーラは、かろうじて気持ちをおさえた。それから、かな切り声があがった。

「やめて、やめて！　話すから！　おねがい、もうやめて！　あの子は、いつかきっと来る子だった……魔女は、あなたたちよりも先に、あの子がだれかを知ったのよ……わたしたちには彼女の名前がわかった……」

「名前なら知ってるわ。名前って、どういう意味？」

「ほんとうの名前よ！　運命上の名前！」

「どういう名前なの？　話しなさい！」

「だめよ……だめ……」

「どうして？　どうしてわかったの？」

「試験があったの……もしあの子が、数多くの雲マツ《クラウドパイン》の枝からある枝を選べたら、彼女こそが、いつか来ることになっていた子だという。試験は、トロールサンドの魔女の領事館でおこなわれたの、あの子がジプシャンといっしょに来たときに。あの子はクマといっしょに……」

魔女の声は消えていった。

コールター夫人は、少しいらだった声をあげた。またボキッという音がして、うめき声があがった。

「その子に関するお告げというのは、なんだったの？」コールター夫人は話を進めた。

その声は冷酷《れいこく》で、怒りがこもっていた。「あの子の運命をあきらかにする名前というのは、なんなの?」

セラフィナ・ペカーラは近づき、魔女をとりかこむ男たちの輪にくわわった。すぐそばにいるのに、だれも気づかなかった。すぐにこの拷問《ごうもん》をやめさせなくては。でも、姿を見られないようにしつづけるのは、たいへんだった。セラフィナは身をふるわせながら、腰《こし》から短剣をぬいた。

魔女は泣きじゃくっていた。「彼女はかつて来た者。あなたたち人間は以来ずっと彼女を憎《にく》み、おそれてもいる! そしてふたたび彼女がやってきた、あんたは見つけそこなった……あの子はスバールバルに行った。アスリエル卿《きょう》のところに行った、あんたは彼女を見失った。逃《に》げたのよ、あの子はかならず——」

けれども、魔女が最後までいわないうちに、さえぎられた。

ひらいたままのドアから、恐怖《きょうふ》にかられたアジサシが飛びこんできたのだ。アジサシは、翼《つばさ》をばたつかせながら床《ゆか》に落ちたが、必死に起きあがり、拷問にかけられている魔女の胸に飛びつき、体を押しあて、鼻をすりつけ、チュッチュッと鳴いた。魔女は苦悶《くもん》して叫んだ。「ヤンブ・アーカ! わたしのところに来たれ、わたしのところに!」

セラフィナ・ペカーラをのぞいて、だれにもどういう意味かわからなかった。ヤンブ・アーカとは、死にかかっている魔女のところに来る女神《めがみ》だ。セラフィナは覚悟《かくご》をきめた。すぐに姿を見せ、にこにこ笑いながら前に進んだ。ヤンブ・アーカは明るく陽気だし、その訪れはよろこびだからだ。魔女はセラフィナを見ると、涙《なみだ》に濡《ぬ》れた顔をあげた。セラフィナは腰をかがめて、その顔にキスすると、魔女の心臓にそっと短剣を突《つ》きさした。アジサシのダイモンは、ぼんやりした目で見あげてから、姿を消していった。

こうなったうえは、セラフィナ・ペカーラは、戦いながら逃げなくてはならなかった。

男たちはショックをうけ、まだ信じられずにいたが、コールター夫人はほとんどすぐに落ちつきをとりもどした。

「つかまえるのよ！　逃がしちゃだめ！」コールター夫人は叫んだが、セラフィナはすでにドアまで達し、弓に矢をつがえていた。セラフィナはまたたくまに矢をはなった。枢機卿が、息をつまらせて足をばたつかせながら倒《たお》れた。

部屋から出ると、廊下を階段まで進み、ふりむき、矢をつがえ、はなった。またひとり、倒れた。船にはすでに、ベルがけたたましく鳴り響《ひび》いていた。

階段をのぼって、甲板《かんぱん》に出た。船員がふたり、道をふさいだが、セラフィナはいった。「下へ行って！　魔女が逃げたの！　助けを呼んで！」

ふたりの船員をとまどわせるには、それで充分だった。彼《かれ》らは、どうしようか迷って立ちすくんでいた。おかげでセラフィナは、さっと身をかわして通りぬけ、通風孔《つうふうこう》のうしろに隠《かく》しておいたマツの枝をつかむことができた。

「撃《う》つのよ！」うしろから、コールター夫人の叫び声が聞こえた。すぐさま、三ちょうのライフルが火を吹《ふ》き、弾丸《だんがん》が金属にあたり、霧《きり》の中に飛んでいった。セラフィナはマツの枝にさっとまたがり、自分のはなつ矢のようにすばやく飛びたった。数秒後には、無事上空の濃《こ》い霧の中にいた。まもなく、大きなガンが灰色の霧の中からセラフィナのかたわらにすーっと飛んできた。

「どこへ？」ガンはきいた。

「遠くへよ、カイサ、遠くへ」セラフィナは答えた。「あいつらのにおいをぬぐいさりたいの」

ほんとうのところ、どこへ行ったらいいのか、次にどうしたらいいのか、わからなかった。けれども、ひとつだけ、たしかなことがあった。いつの日か、コールター夫人ののどを矢でねらうことになるだろう。

セラフィナ・ペカーラとそのダイモンは南へむかい、霧の中の別世界の不安定な光からはなれていった。飛びつづけるにつれ、セラフィナの心にはしだいにはっきりと疑問が生じてきた。アスリエル卿はいったいなにをしているのか？　この世界に混乱を招いたすべての出来事は、アスリエル卿のなぞの活動が原因なのだ。

問題は、セラフィナの情報源が自然界のものだということだ。セラフィナは、どんな動物の居場所も突きとめられ、どんな魚もつかまえられ、どんなめずらしい果実も見つけられる。マッテンのはらわたからなにかの前兆を読めるし、スズキのうろこにしるされた教えの意味がわかるし、クロッカスの花粉にあらわれた警告を解釈《かいしゃく》できる。けれども、これらは自然界のもので、自然界に関する真実を教えてくれるのだ。

アスリエル卿のことを知るには、どこかべつの場所へ行くしかない。トロールサンドの港で、魔女《まじょ》一族の領事ランセリウスが人間の世界との接触《せっしょく》を保っている。セラフィナ・ペカーラは、ランセリウスの話を聞こうと、トロールサンドめざして霧の中をいそいだ。ランセリウスの家へ行く前に、霧が冷たい海の上にうずを巻いてただよう港の上空を旋回《せんかい》し、水先案内人がアフリカ船籍の大きな船を誘導《ゆうどう》するのを見た。港の外には、数隻《せき》の船が錨《いかり》をおろしていた。セラフィナは、そんなに多くの船を見たのははじめてだった。

短い昼間が終わると、セラフィナ・ペカーラは降下し、領事館の裏庭に着陸した。彼女《かのじょ》が窓をたたくと、ランセリウス領事自身が、口に指をあてながらドアをあけた。

「セラフィナ・ペカーラ、こんにちは。いそいで入ってください、ようこそ。しかし、あまり長居しないほうがいいですよ」ランセリウスは、通りに面した窓のカーテンごしに外を見ながら、暖炉《だんろ》のそばのいすをすすめた。「ワインをのみますか？」

セラフィナは金色のトカイワインを一口のんでから、例の船で見聞きしたことを話した。

「その船の連中は、魔女があの子について話したことを理解したと思いますか？」ランセリウスはきいた。

「完全には理解しなかった、と思うわ。でも、あの子が重要だということはわかっている。わたし、あの女がこわいわ、ランセリウス領事。必要なら殺すでしょうけど、それでもこわいの」

「ええ。わたしもこわいですよ」

セラフィナは、町にひろまっているうわさについてランセリウスが話すのに耳をかたむけた。うわさの霧の中から、いくつかの事実がはっきり見えてきた。

「うわさでは、教権機関が、かってないほどの大軍を集めています。これは先発隊です。兵士の何人かには、よからぬうわさがあります、セラフィナ・ペカーラ。ボルバンガーの一件は聞きました、あそこでなにがおこなわれていたのかも――子どものダイモンを切りはなすなんて、そんな邪悪《じゃあく》な話は聞いたことがありません。ところで、おなじように処置されている戦士の一隊があるようです。〝ゾンビ〟ということばは、ご存じですか？　彼らはなにもおそれません。心がないからです。この町にも、すでに何人かいます。当局は隠していますが、話が伝わっています。町の住民は彼らをおそれています」

「ほかの魔女一族のことはなにか聞いている？」セラフィナ・ペカーラはきいた。

「どんな情報が入っているかしら？」

「ほとんどの魔女は自分の国に帰りました。どの魔女もですね、セラフィナ・ペカーラ、次に起こることを恐怖とともに待っているんです」

「教会はどうかしら？」

「すっかり混乱しています。アスリエル卿がなにをするつもりなのか、教会にはわからないんです」

「わたしにもわからないわ。どういうことなのか、想像もつかない。あなたは、アスリエル卿がなにをするつもりなんだと思う、ランセリウス領事?」

ランセリウスは、ヘビのダイモンの頭を親指でそっとなでた。

「アスリエル卿は学者です」と、しばらくしてランセリウスはいった。「しかし、学問にはさして興味をもっていません。政治にも興味がありません。一度会ったことがあります。激しく強い性格の持ち主だと思いましたが、横暴ではありませんでした。支配したがっているようには思えませんが……さあ、どうでしょうか、セラフィナ・ペカーラ。彼の従者がなにか知っているかもしれません。ソロルドという男です。スバールバルの家に、アスリエル卿といっしょに監禁《かんきん》されていました。スバールバルへ行って、話を聞いてみるだけの価値はあります。もっとも、主人といっしょに別世界へ行ってしまったかもしれませんが」

「ありがとう。いい考えね……そうしてみるわ。すぐに行くわ」

セラフィナは領事に別れを告げると、濃さを増してくる闇《やみ》の中を飛んでいき、カイサと合流した。

セラフィナの北への旅は、周囲の世界の混乱のせいで、容易ではなかった。北極地方の人間はすべてパニックにおちいり、動物もおなじだった。霧と磁気の変異のせいばかりでなく、季節はずれの氷の亀裂《きれつ》と地面のゆれのためだ。まるで大地そのものが、北極の永久凍土層《とうどそう》が、凍《こお》りついていた長い夢からゆっくりさめようとしているかのようだった。

不気味な光線がとつぜん、霧の切れ目からおりてきたかと思うとさっと消え、ジャコウウシの群れが南へ走りだしたいという衝動《しょうどう》にかられたものの、すぐにくるりとむきをかえてふたたび西や北へ進み、よくまとまったガンの群れが、彼らの飛ぶ磁場がゆれ動くせいで、ばらばらになって鳴きはじめる、そんな混乱の中、セラフィナ・ペカーラはマツの枝にまたがり、北へと飛びつづけ、荒涼《こうりょう》たるスバールバルの岬《みさき》にたつ家まで行った。

アスリエル卿の従者ソロルドは、崖鬼《クリフ・ガースト》の一団を撃退《げきたい》しようとしているところだった。

セラフィナは、なにが起きているのかわかる前にその動きをとらえていた。激しくばたつく皮の翼、雪の積もった中庭に鳴り響く、敵意のこもったアオーッアオーッアオーッという声。毛皮に身をつつんだひとりの男が、崖鬼のまん中へむかってライフルを撃った。やせおとろえたイヌのダイモンが男のわきで、醜悪《しゅうあく》な崖鬼が低く舞《ま》いおりてくるたびに、うなったりかみついたりしていた。

セラフィナはその男を知らなかったが、どっちみち、崖鬼は敵だった。セラフィナは上空で旋回しながら、戦いの場へむかって、十本あまりの矢をはなった。かな切り声をあげたり、わけのわからないことを叫《さけ》びながら、崖鬼の一団は——一団というには、あまりにばらけていたが——旋回し、新しい敵に気づき、うろたえて逃げはじめた。一分後、崖鬼は空から消え、うろたえたアオーッアオーッという声が遠くの山から聞こえて、その声もしだいに消えていった。

セラフィナは中庭におり、踏《ふ》みつけられ血の飛び散った雪の上に立った。男はフードをあげ、油断なくライフルをかまえたままでいた。魔女は敵の場合があるからだ。その年配の男はあごが長く、白髪《はくはつ》で、落ちついた目をしていた。

「わたしはライラの友だちよ」セラフィナ・ペカーラはいった。「話があるんだけど。ほら、弓をおろすわ」

「あの子はどこにいる？」男はいった。

「別世界よ。わたしは、あの子の身が心配なの。それに、アスリエル卿がなにをやっているのか、知りたいの」

男はライフルをおろした。「じゃあ、中に入ってくれ。ほら、わたしもライフルをおろすよ」

ふたりは家に入った。カイサは上空を飛びながら、見はりをつづけた。ソロルドがコーヒーをいれているあいだに、セラフィナは自分とライラの関係を話した。

「彼女は、こうときめたら一歩もゆずらない子だった」ナフサ・ランプの光の中、オーク材のテーブルにむかってすわると、ソロルドはいった。「一年かそこらごとに、アスリエル卿が学寮《がくりょう》を訪問するときに、わたしはあの子に会っていた。わたしは彼女が好きだったんだよ、好きにならずにいられない子だったからね。でも、この件で彼女がどういう位置をしめていたのかは、知らない」

「アスリエル卿はなにをするつもりだったの？」

「アスリエル卿がわたしに話したと思うかね、セラフィナ・ペカーラ？　わたしはあの人の従者にすぎないんだ。あの人の服を洗たくし、料理をつくり、家をきれいに保つ。いっしょにいた何十年かのあいだに、ひとつかふたつのことはわかったが、それはあくまで偶然《ぐうぜん》のことでね。あの人は、わたしのことをほとんどこれっぽっちも信じていなかった」

「なら、偶然わかったひとつかふたつのことというのを教えて」セラフィナはせまった。

ソロルドは、年はとっていたが、健康で強壮《きょうそう》だった。こんなに若く美しい魔女に熱心にせまられて、まんざらでもなかった。どんな男でもそうだろう。けれども、ソロルドはばかではなかった。自分にではなく、自分の知っていることにせまっているこ
とはわかっていた。それに、ソロルドは正直者だ。必要以上に話をひきのばしたりしなかった。

「アスリエル卿がなにをしていたのか、正確に話すことはできない。むずかしい思想上のことは、わたしの理解をこえているのでね。でも、あの人をかりたてているものがなにかは話せる。あの人は、わたしが知っていることを知らないいだろうが。何回となく話を小耳にはさんで、わかったんだよ。まちがっていたら訂正《ていせい》してくれ。魔女というのはわれわれ人間とはちがう神をもっている、そうだね？」

「ええ、そのとおりよ」

「われわれの神のことは知っているかな？　教会の神、オーソリティ（権威）と呼ばれるものだが？」

「ええ、知っているわ」

「アスリエル卿は、いわば、教会の教義をよしとしなかったんだ。聖餐《せいさん》や、贖罪《しょくざい》や、救いといった話を耳にすると、嫌悪《けんお》で顔がひきつったものでね。われわれ人間の世界

では、教会に挑戦《ちょうせん》することは死を意味するが、アスリエル卿は、わたしがつかえているあいだずっと、心に反抗《はんこう》を宿していた。それがわたしの知っていることのひとつだよ」

「教会に対する反抗？」

「一部は。戦おうと考えていた時期もあったが、それはやめにした」

「どうして？　教会が強すぎたの？」

「いいや」老従僕《じゅうぼく》はいった。「そんなことでは、わたしの主人はやめない。奇妙《きみょう》に聞こえるかもしれないがね、セラフィナ・ペカーラ、わたしはあの人のことを、どんな妻や母が知りうるよりも知っているんだ。アスリエル卿は四十年間近くにわたって、わたしの主人であり、わたしはひたすらつくしてきた。あの人がなにを考えているのか、深いところまでは理解できない、飛べないようにね。でも、あの人がどこへむかって進んでいるのかはわかる、たとえわたしはあとを追えないとしても。わたしの信じるところでは、あの人が教会に反旗をひるがえすのをやめたのは、教会が強すぎるからじゃない。弱すぎて、戦うに値《あたい》しないからだよ」

「それで……アスリエル卿はいったいなにをしているの？」

「わたしが思うに、あの人はそれよりも高次元の戦いをおこなっている。最強の相手に反旗をひるがえそうとしている。あの人は、教会の神、オーソリティの住みかをさがしに行った。神を滅《ほろ》ぼすつもりなんだ。わたしはそう思う。ことばにあらわすと、胸がふるえるよ。考えるのもこわいくらいだ。でも、アスリエル卿がやっていることは、そうとしか思えない」

セラフィナは、ソロルドの話をじっと考えながら、しばらく静かにすわっていた。セラフィナが口をきらないうちに、ソロルドが話をつづけた。

「もちろん、そんなだいそれたことをくわだてる者は、教会の怒《いか》りをかうことになる。いうまでもないことだがね。かつてない、あまりにひどい神への冒瀆《ぼうとく》だ、といわれるだろう。アスリエル卿は、監督《かんとく》法院によって裁判にかけられ、あっというまに死刑《しけい》の判決がくだされる。わたしはだれにもこの話をしたことはないし、二度と話すことはないだろう。あんたが魔女でなかったら、教会の力のおよばない存在でなかったら、おそろしくて話せないところだ。でも、それなら合点《がてん》がいくし、ほかのことは考えられない。アスリエル卿は、オーソリティをさがして殺すつもりだよ」

「そんなことができるの？」セラフィナはきいた。

「アスリエル卿の人生は、ありえないようなことに満ちている。あの人にできないことがあるとは思えない。でも、あきらかに、セラフィナ・ペカーラ、あの人は完全に気がくるっているよ。天使《エンジェル》たちだってできなかったのに、人間ができると思うなんてどうかしている」

「天使？　その天使ってなに？」

「純然たる精神的存在、と教会はいっている。教会の教えでは、世界が創造される前、一部の天使が反抗し、天国から地獄へ突き落とされた。天使たちは失敗したということだよ。できなかったんだ。天使の力があったのにね。アスリエル卿はただの人間で、人間の力をもっているにすぎない。でも、あの人の野望は無限だ。ふつうの人間が思いもよらないことを平気でする。あの人がすでにしたことを、考えてみるがいい。空をひき裂《さ》き、別世界への道をひらいた。そんなことをした人間が、これまでにいたかね？　そんなことを思いついた人間がいたかね？　セラフィナ・ペカーラ、わたしの一部は、あの人が狂人《きょうじん》で、邪悪で、錯乱《さくらん》しているといってるんだよ。にもかかわらず、べつの部分では、あの人はアスリエル卿で、ほかの人間とはちがう、と考えているんだ。たぶん……もしそれが可能なことなら、ほかのだれでもなくあの人によってなしとげられるだろう」

「あなたはどうするの、ソロルド？」

「ここにとどまって、待つのさ。アスリエル卿がもどってきて、べつの指図をするか、わたしが死ぬまで、この家を守る。ところで、あんたはどうするんだね？」

「あの子が無事であることをたしかめるつもりよ。またこっちへ来なきゃならなくなるかもしれないわ、ソロルド。あなたがずっとここにいるとわかってよかった」

「わたしは微動《びどう》だにしないよ」

ソロルドは食事をどうかといったが、セラフィナはことわり、さよならをいった。

一分ほどのちには、セラフィナはガンのダイモンとまた合流した。ダイモンはセラフィナといっしょに無言のまま高く舞《ま》いあがり、霧深い山々の上空で旋回した。セラフィナはひどく不安だったが、それは説明するまでもないことだった。セラフィナの祖国のすべてのコケ、すべての凍りついた水たまり、すべての小さな虫が、彼女の神経をたかぶらせ、彼女を呼びもどそうとしていた。セラフィナは祖国のことが心配だったが、自分自身のことも心配だった。自分がかわってしまうかもしれないからだ。セラフィナが首をつっこんでいるのは、人間に関することで、これは人間の問題だし、アスリエル卿の神は彼女の神ではなかった。自分は人間になるのだろうか？　魔女の性質を失うのだろうか？

もしそうなら、ひとりでやるわけにはいかない。

「帰るわ」セラフィナはいった。「仲間に相談しなくてはならないから、カイサ。この件は、わたしたちだけでやるのは荷が重すぎるわ」

彼らは、うず巻く霧の中を、エナラ湖の家へといそいだ。

セラフィナ・ペカーラの一族の魔女たちは、湖のそばの、森林におおわれた洞《どう》くつの中にいた。リー・スコーズビーもそこにいた。この気球乗りは、スバールバルで起きた事故のあと、どうにか気球を飛ばしつづけ、魔女たちの案内でこの国まで来たのだ。ここで、気球のつりかごとガス嚢《のう》の修理をはじめたところだった。

「会えてうれしいよ、セラフィナ・ペカーラ」リー・スコーズビーはいった。「あの子のことはなにかわかったかね？」

「なにもわからないわ、スコーズビーさん。今夜、わたしたちの会議に出席して、どうしたらいいか、相談にのってくれる？」

そのテキサス男は、おどろいてまばたきした。魔女の会議に人間が出席するなど、聞いたこともないからだ。

「よろこんで出席させてもらうよ」スコーズビーはいった。「ひとつかふたつ、提案をさせてもらう」

その日は一日じゅう、暴風に乗って飛ぶ黒い雪片《せっぺん》のように、魔女が次から次へとやってきた。空は、魔女たちの絹の服がパタパタはためく音と、マツの枝の針葉がヒューヒュー鳴る音で満ちた。しずくの落ちる森で狩《か》りをしたり、とける流氷のあいだで漁をしたりしている人間たちは、空全体が小さな音をたてるのを霧ごしに聞いた。もし空が晴れていたら、秘密の潮に乗って闇《やみ》の小片のように空を飛ぶ魔女を目にしたことだろう。

夕方には、湖のほとりのあちこちにおかれたマツの枝は、百ものたき火の光で照らされていた。なかでも最大のたき火は、集会用の洞くつの前のものだった。食事がすむと、魔女たちは集まってきた。セラフィナ・ペカーラは、小さな深紅《しんく》の花の冠《かんむり》をブロンドの頭にのせて、まん中にすわった。彼女の左には、リー・スコーズビーがすわり、右には、客がすわっていた。ラトビアの魔女の女王、ルタ・スカジだ。

セラフィナのおどろいたことに、ルタ・スカジが一時間ほど前にやってきたのだ。セラフィナは、コールター夫人を人間にしては美しいと思ったが、ルタ・スカジはコールター夫人とおなじくらい美しいうえに、神秘的でなぞめいていた。霊《れい》とつうじているのだ、それがおもてにあらわれている。大きな黒い目をしていて、はつらつとして情熱的だ。うわさでは、アスリエル卿《きょう》と恋仲《こいなか》だったことがあるらしい。大きな金のイヤリングをして、スノー・タイガーの牙《きば》でかこまれた冠を黒い巻き毛の頭にかぶっている。セラフィナのダイモン、カイサが、ルタ・スカジのダイモンから聞いた話では、ルタ・スカジは、そのトラをあがめるタタール族を罰《ばっ》するために自らトラを殺したのだという。彼女《かのじょ》がタタール族の領土を訪れたとき、タタール族が彼女に敬意を表さなかったからだ。神であるトラがいなくなると、タタール族はおそれ、ふさぎこみ、かわりに彼女をあがめさせてくれとたのんだが、にべもなくことわられた。あなた方にあがめられることで、わたしはなんの得があるの、とルタ・スカジはきいた。トラは、あがめられてもなんの得もしなかったじゃないの。ルタ・スカジはそういう魔女だ。美しく、誇《ほこ》り高く、非情だ。

セラフィナは、ルタ・スカジがどうして来たのかわからなかったが、歓迎《かんげい》した。礼儀から、ルタ・スカジはセラフィナの右にすわることになった。全員集合すると、セラフィナは話しはじめた。

「みなさん！　どうして集まったのかは、知っていますね。最近の新しい出来事にどう対処するか、きめなくてはならないのです。宇宙は大きく裂け、アスリエル卿がこの世界からべつの世界へ行く道をひらきました。わたしたちはそれにかかわるべきでしょうか、それとも、余計なことに首をつっこまずに、いままでどおり自分たちの生活をつづけるべきでしょうか。それから、クマの王イオレク・バーニソンによりライラ・シルバータンと名づけられた、ライラ・ベラクアという子どもの問題があります。その子は、ランセリウス領事の館で、正しいマツの枝を選びました。わたしたちが昔から待っていた子どもですが、いまは姿を消しています。

お客がふたりいます。ふたりとも、それぞれの考えを話してくれることになっています。まず、ルタ・スカジ女王の話を聞かせてもらいましょう」

ルタ・スカジが立ちあがった。白い腕《うで》が火明かりをうけて光った。目はきらきらきらめき、遠くにいる魔女にも、はつらつとした顔におどる表情が見えた。

「みなさん。なにが起こっているのか、わたしたちが戦わなくてはならない相手がだれなのか、話させてください。戦争がせまっているんです。だれがわたしたちの仲間にくわわるかはわからないけれど、だれと戦うのかは知っています。教権、つまり教会です。そのすべての歴史をつうじて――わたしたちからすると長くないけれど、人間にとっては、すごく長いあいだ――教会は、あらゆる自然の衝動《しょうどう》をおさえ、管理しようとしてきました。おさえきれないときは、排除《はいじょ》します。あなた方の中には、ボルバンガーでおこなわれていたことを見た者もいます。あれは身の毛のよだつことでしたが、ああいう場所はあそこだけではないし、おこなわれていることはあればかりではないのです。みなさんが知っているのは、北だけです。わたしは南の国を旅しました。そこでは、ボルバンガーでおこなわれていたように、子どもを切断する教会があります――やり方はちがいますが、おそろしいことはおなじです。生殖器《せいしょくき》を切断されているんです、男の子も女の子も。感覚を失うように、ナイフで切断されています。それが教会のやっていること、どの教会もおなじです。人間の自然の気持ちはすべておさえ、破壊《はかい》し、排除します。だから、もし戦争になって、教会が一方の側についたら、わたしたちはもう一方の側につかなくてはなりません。どんなに奇妙な者と同盟を結ばなくてはならないとしても。

わたしたち魔女一族が力を合わせ、北へ行って新しい世界を探検し、なにが発見できるか、たしかめてみましょう。あの子がわたしたちの世界で見つからないなら、すでにアスリエル卿のあとを追っていったんです。ほんとうのところ、この件の鍵《かぎ》を握《にぎ》っているのは、アスリエル卿です。彼はかつてわたしの恋人でした。わたしはよろこんで彼と力を合わせます。彼は教会と教会のするあらゆることを憎《にく》んでいるからです。

わたしの話は以上です」

ルタ・スカジの話は熱がこもっていた。セラフィナは、ルタ・スカジの力強さと美しさに感嘆《かんたん》した。そのラトビアの女王が腰《こし》をおろすと、セラフィナはリー・スコーズビーのほうをむいた。

「スコーズビーさんはあの子の味方で、したがって、わたしたちの味方でもあります」セラフィナはいった。「意見を聞かせてもらえますか、スコーズビーさん?」

そのテキサス男は、しなやかに礼儀正しく立ちあがった。この場の奇妙さに気づいていないようすだったが、じつはちゃんと気づいていた。野ウサギのダイモン、ヘスターは、耳を寝《ね》かせて金色の目を半分とじ、リー・スコーズビーのそばでうずくまっていた。

「セラフィナ・ペカーラ女王、まずあなたにお礼をいわせてもらいますよ。あなたがわたしに示してくれた親切と、別世界から吹《ふ》いてきた風に難儀《なんぎ》した気球乗りに救いの手をさしのべてくれたことに。まもなく、あなたの好意に甘える必要はなくなるでしょう。

わたしがジプシャンといっしょにボルバンガーめざして北へむかっていたとき、ライラという子は、以前住んでいたオックスフォードの学寮《がくりょう》で起こったことを話してくれました。アスリエル卿は、スタニスラウス・グラマンという男の生首を学者たちに見せたんです。なにがあったのか、北へ行って調べるための資金を提供してくれと、それによってせまったわけです。

あの子は、たしかに見たと自信をもっていたので、わたしはあまり疑問点をただしませんでした。しかし、彼女の話を聞いて、わたしはあることを思いだしたんです。はっきりとはわかりませんでしたが、そのグラマン博士に関することでした。スバールバルからここに飛んでくる途中《とちゅう》、やっとはっきり思いだしました。トゥングスカの年よりの猟師《りょうし》から聞いたんです。グラマンは、それを持つ者の身を守ってくれるというあるもののありかを知っているようなんです。あなた方魔女が使える魔法を見くびるわけではありませんが、それは、なんであれ、わたしがこれまでに聞いたどんなものにもまさる力を持っています。

それで、あの子のことが心配なので、わたしは、隠退《いんたい》してテキサスにひっこむのを延期して、グラマン博士をさがそうと思ったんです。さよう、わたしは、グラマン博士が死んだとは思っていません。アスリエル卿は学者たちをだましていたんだと思います。

わたしは、ノバ・ゼムブラへ行くつもりです。グラマン博士が生きていると最後に聞いたのは、そこだからです。そして、グラマン博士をさがします。わたしには未来はわからないが、現在のことならはっきりわかる。この戦争では、あなた方の味方につきます。わたしの弾丸《だんがん》がどれほど役に立つかはわからないが、それこそが、わたしがするべき仕事です」

リー・スコーズビーはセラフィナ・ペカーラのほうにむきなおり、話をしめくくった。

「わたしは、スタニスラウス・グラマンをさがしだして、彼が知っていることを聞きだします。もし、グラマンが知っているものが見つかったら、ライラに渡《わた》します」

セラフィナはいった。「あなたは結婚《けっこん》しているんですか、スコーズビーさん？　子どもはいますか？」

「いいえ、子どもはいません。父親になりたかったものだが。しかし、あなたの質問の意味はわかりますよ。そのとおりです。あの子は、親にめぐまれていません。わたしが親がわりになりますよ。だれかがやらなきゃならないし、よろこんでひきうけます」

「ありがとう、スコーズビーさん」

セラフィナ・ペカーラは冠を脱《ぬ》いだ。そして、かぶっているあいだもまるで摘《つ》みたてのように生きいきしていた小さな深紅の花を一本、冠からぬいた。

「これを持っていってください。わたしの助けがいるときはいつでも、これを手にして、わたしを呼んでください。あなたがどこにいようと、声が聞こえますから」

「これはどうもありがとう、セラフィナ・ペカーラ女王」リー・スコーズビーはおどろいて、いった。小さな花をうけとると、そっと胸ポケットにしまった。

「あなたをノバ・ゼムブラに運ぶ風を呼びましょう」セラフィナ・ペカーラはいった。「さて、みなさん、発言があるならどうぞ」

本式の会議がはじまった。魔女《まじょ》は、ある程度までは民主的だ。すべての魔女が——いちばん若い者まで——発言する権利がある。ただ、決定権は女王にある。話はひと晩じゅうつづいた。多くの者は、ただちに開戦することを求めたが、慎重論《しんちょうろん》をとなえる者もいた。少数だが、力を合わせるためにほかのすべての魔女一族を説きふせるのが先だという者もいた。これはもっとも賢明《けんめい》な提案といえた。

ルタ・スカジはこの意見に賛成した。セラフィナはただちに使者を送りだした。すぐになにをすべきかは、あきらかだった。セラフィナは二十人の精鋭《せいえい》を選び、いっしょに北へ飛んで、アスリエル卿がひらいた新しい世界に入り、ライラをさがす準備をするように命じた。

「あなたはどうするんです、ルタ・スカジ女王？」最後にセラフィナはきいた。「どういう予定ですか？」

「わたしはアスリエル卿をさがして、なにをやっているのかを本人の口から聞きます。

彼が行ったのも北のほうのようです。途中までごいっしょさせてもらっていいかしら？」

「いいですとも、歓迎します」セラフィナは、道づれができてよろこんだ。

そんなわけで、話はまとまった。

しかし、会議が終わってからまもなく、年配の魔女がセラフィナ・ペカーラのところにやってきた。「ユタ・カマイネンの話を聞いてやってください、女王さま。彼女はがんこ者ですが、重要なことかもしれません」

若い魔女のユタ・カマイネン――魔女の基準からすると、若く、百歳《さい》をこえたばかりだ――は、まごついていた。彼女のコマドリのダイモンは興奮し、彼女の肩《かた》から手に飛びうつり、頭上を旋回《せんかい》してから、また肩にとまった。その魔女のほおはふっくらとして赤かった。なかなか激しい気性《きしょう》の持ち主のようだ。セラフィナは彼女のことをよく知らなかった。

「女王さま」若い魔女は、セラフィナにじっと見つめられ、だまっていられずにいった。「わたしは、スタニスラウス・グラマンという男を知っています。かつて愛していました。でも、いまはすごく憎んでいて、もし会ったら、殺してしまうでしょう。話すつもりはなかったんですけど、姉が話せというものですから」

若い魔女は、年上の魔女を憎らしげに見た。年上の魔女は、あわれむように見つめかえした。愛がどういうものかを知っているのだ。

「なるほど」セラフィナはいった。「もしスタニスラウス・グラマンがまだ生きているなら、スコーズビーさんが見つけるまで、生かしておかなくてはだめよ。あなたもわたしたちといっしょに新しい世界に来なさい。まっ先にグラマンを殺そうなんてしないでね。グラマンのことは忘れなさい、ユタ・カマイネン。愛はわたしたちを苦しませるわ。だけど、わたしたちの使命のほうが、復讐《ふくしゆう》よりもたいせつなの。それをおぼえておいて」

「はい、女王さま」若い魔女はおそれいっていった。

セラフィナ・ペカーラと二十一人の仲間とラトビアのルタ・スカジ女王は、これまでどんな魔女も行ったことのない新しい世界に出発する準備にとりかかった。

3　子どもたちの世界

　ライラは、はやくに目をさました。おそろしい夢を見たのだ。父親のアスリエル卿《きょう》がジョーダン学寮《がくりょう》の学寮長と学者たちに見せたあの真空容器が、彼女の手に渡《わた》される夢だ。

　じっさいは、あのとき、ライラは衣装《いしょう》だんすの中に隠《かく》れていて、見ていただけだ――アスリエル卿が真空容器をあけて、ゆくえ不明の探検家スタニスラウス・グラマンの生首を学者たちに見せるのを。けれども、夢の中では、ライラは自分で容器をあけなくてはならなかった。そんなことしたくないのに。ほんとうのところ、ライラはこわかった。でも、望もうが望むまいが、そうしなくてはならなかった。ライラは、ふたのとめ金をはずし、真空容器の中に空気がシューッと流れこむのを聞いたとき、恐怖《きょうふ》で手の力がぬけるのがわかった。それから、ふたをとった。おそろしさで息がつまりそうになったが、そうしなくてはいけないとわかっていたので、そうしたのだ。中には、なにも入っていなかった。生首はなくなっていた。こわがることはなかったのだ。

それでも、ライラは、港に面した小さな暑い部屋で、汗《あせ》をかいて声をあげながら、目をさました。窓からは、月光がさしこんでいた。ライラは、だれかのベッドの中で、だれかの枕《まくら》をつかみながら、横たわっていた。オコジョの姿をしたパンタライモンが、ライラに鼻をすりつけ、なだめるような声をあげていた。こんなにおびえるなんて！奇妙《きみょう》なことに、現実には、ライラはスタニスラウス・グラマンの生首を見たくてしかたなくて、もう一度容器をあけて見せてくれるようにアスリエル卿にせがんだのだ。なのに、夢の中では、こんなにこわがるなんて。

朝が来ると、ライラは真理計《アレシオメーター》に、その夢がどういう意味なのかきいた。けれども、真理計は、〈生首の夢だった〉と答えただけだった。

ライラは、あの奇妙な男の子を起こそうかと思ったが、ぐっすり眠《ねむ》っていたので、やめておいた。かわりに、キッチンに行き、オムレツをつくろうとした。二十分後、歩道のテーブルにつき、黒く焦《こ》げたザラザラしたものを大いに満足してたべた。スズメになったパンタライモンは、卵のカラのかけらをついばんだ。

うしろから音がした。ウィルだった。寝起《ねお》きで、はれぼったい目をしていた。

「あたし、オムレツをつくれるのよ」ライラはいった。「たべたいなら、つくってあげるわ」

ウィルはライラの皿を見た。「いいよ、ぼくはコーンフレークでもたべるから。冷蔵庫にまだ腐ってない牛乳が残ってるしね。ここに住んでた人がいなくなってから、まだそんなに日がたってないのさ」

ライラは、ウィルがコーンフレークをふって深皿の中に出して牛乳をそそぐのを見つめた。またもや見たことのないものだった。

ウィルは深皿を外に運んだ。「きみがこの世界の人間じゃないなら、きみの世界はどこにあるんだい？　どうやってここに来たんだ？」

「橋を渡ってきたのよ。あたしのおとうさんが橋をつくったの、それで……あたしはおとうさんのあとを追って渡ったわけ。だけど、おとうさんはどこかべつの場所へ行っちゃったの、どこかはわからないわ。どうでもいいけど。橋を渡ってるうちに、すごい霧《きり》が出てきたんで、迷子になっちゃったんだと思う。見つけた野イチゴやなんかだけをたべて、何日も霧の中をさまよったのよ。それから、ある日霧が晴れて、あそこの断崖《だんがい》に出たの――」

ライラはうしろのほうを手で示した。ウィルは、海岸ぞいに目をやり、灯台のむこうを見た。断崖が長くつづき、遠くのもやの中に消えていた。

「ここに街が見えたから、おりてきたんだけど、だれもいなかった。とりあえず、食べものと、寝る場所だけはあったわ。次にどうしたらいいかは、わからなかった」

「ここはきみの世界の一部じゃないんだね？」

「もちろん。ここはあたしの世界じゃないわ、それはたしかよ」

ウィルは、空中の窓から芝生《しばふ》の一画が見えたときに、それが自分の世界ではないと確信したことを思いだし、うなずいた。

「なら、少なくとも、三つの世界がつながってるんだな」

「何百万もあるのよ」ライラはいった。「あるダイモンがいってたもの。魔女《まじょ》のダイモンよ。世界がいくつあるのか、だれにも数えられないけど、みんなおなじ空間にあるの。でも、あたしのおとうさんが橋をつくるまでは、だれもべつの世界へ行くことはできなかったのよ」

「ぼくが見つけた窓はどうなんだ？」

「わかんないわ。たぶん、ぜんぶの世界がつながりはじめてるんじゃないかしら」

「どうしてダストをさがしてるんだい？」

ライラは冷淡《れいたん》な目でウィルを見た。「いつか教えてあげる」

「わかったよ。でも、どうやってさがすつもりだい？」

「ダストのことを知ってる学者をさがすわ」

「なんの学者さ、専門はなんでもいいのか？」

「いいえ。実験神学者よ。あたしの世界のオックスフォードでは、実験神学者がダストのことを知ってたの。あんたの世界のオックスフォードでも、おなじであっておかしくないわ。まず、ジョーダン学寮へ行くつもり。ジョーダンにはいちばん優秀《ゆうしゅう》な実験神学者がいたから」

「実験神学なんて、聞いたことないな」

「実験神学者は、素粒子《そりゅうし》や基礎《きそ》的な力のことをなんでも知ってるの」ライラは説明した。「それと、アンバロ磁気《マグネティズム》やなんかや、原子操作《アトムクラフト》のことを」

「なに磁気だって？」

「アンバロ磁気よ。アンバリックのようなもの。ほら、あそこのライト」ライラは、装飾《そうしょく》された街灯を指さした。「あれがアンバリックよ」

「ぼくたちはエレクトリックという」

「エレクトリック……エレクトラムに似てるわね。エレクトラムというのは、樹脂《じゅし》でできた一種の石というか、宝石よ。ときどき、中に虫が入ってることがあるわ」

「こはく《アンバー》のことか」ウィルはいった。それから、ふたり同時に、「アンバ……」

ふたりとも、相手の顔に自分自身の表情を見た。ウィルは、それからずっと、この瞬間《しゅんかん》のことを忘れなかった。

「そうか、電磁気《エレクトロマグネティズム》か」ウィルは目をそらして、話をつづけた。「実験神学というのは、どうやら物理学のことみたいだね。きみがさがすのは、神学者じゃなくて科学者だよ」

「そう」ライラは慎重《しんちょう》にいった。「じゃあ、それをさがすわ」

ふたりは、晴れわたった朝の中にいた。正面の港には日の光がおだやかにきらめいていた。ふたりとも、次は自分が話したかった。ききたいことが山ほどあったからだ。けれども、港のほうから、カジノの庭の近くから声がした。

おどろいて、同時にそっちを見た。子どもの声だったが、姿は見えなかった。

ウィルが静かにライラにいった。「きみはいつここに来たといったっけ?」

「三日か四日前だけど、もうわからなくなっちゃった。だれにも会わなかったわ。ここにはだれもいない。ほとんどどこもかしこも見たのよ」

けれども、いたのだ。ふたりの子ども――ひとりはライラとおなじくらいの年の女の子、もうひとりはそれよりも小さな男の子――が、港へつうじる道のひとつから出てきた。バスケットを持っていて、どちらも赤毛だった。百メートルほど先で、カフエのテーブルにいるウィルとライラに気づいた。

パンタライモンがゴシキヒワからハツカネズミにかわって、ライラの腕《うで》をかけのぼり、シャツのポケットに入った。パンタライモンは、新しく来た子どもたちがウィルとおなじであることに気づいていた。どっちの子もダイモンを持っていないのだ。

ふたりの子どもはぶらぶらとやってきて、近くのテーブルにすわった。

「あなたたち、チガーゼの子?」女の子がきいた。

ウィルが首をふった。

「じゃあ、サンテリア?」

「いいえ」ライラが答えた。「ほかのとこから来たのよ」

女の子はうなずいた。これが、納得《なっとく》のいく答えなのだ。

「なにがあったんだ?」ウィルがきいた。「おとなはどこにいるんだ?」

女の子は、信じられないような目をした。「あなたの街にはスペクター(魔物)が来なかったの?」

「ああ。ここには来たばかりなんだ。スペクターなんて知らない。この街はなんていうんだい?」

「チガーゼよ」女の子は疑わしそうに答えた。「正しくは、チッタガーゼ」

「チッタガーゼか」ライラはくりかえした。「チガーゼ。おとなはどうしていなくなっちゃったの？」

「スペクターのせいよ」女の子がうんざりしたようにいった。「名前は？」

「ライラ。この子はウィル。あなたたちは？」

「アンジェリカ。弟はパオロよ」

「どこから来たの？」

「丘《おか》の上よ。すごい霧が出て、あらしになって、みんなおびえて、だからあたしたち、全員丘にかけのぼったの。それから、霧が晴れて、おとなたちが望遠鏡で見ると、街はスペクターでいっぱいになっていたわ。だから、おとなたちはもどれなかったの。でも、あたしたち子どもは、スペクターをおそれないの。これから、もっとたくさんの子が丘からおりてくるわ。あとでここに来るはずだけど、あたしたちがいちばんよ」

「ぼくたちとトゥリオさ」小さなパオロが誇《ほこ》らしげにいった。

「トゥリオってだれ？」

アンジェリカが怒《おこ》った。いってはいけないことになっていたのだ。でも、秘密はあきらかになってしまった。

「あたしたちのおにいさんよ」アンジェリカはいった。「いっしょには来なかったの。隠れてるの、うまいこと……ただ隠れてるのよ」

「にいさんはあるものを――」パオロがいいかけたが、アンジェリカがパオロをピシャリとたたいた。パオロはすぐに、ふるえるくちびるをとじた。

「この街がどうしたといったっけ？」ウィルがいった。「スペクターでいっぱいだって？」

「そうよ、チガーゼも、サンテリアも、どの街も。スペクターは、人がいれば、そこにやってくるの。あなた、どこから来たの？」

「ウィンチェスターさ」

「聞いたことないわね。そこにはスペクターがいないの？」

「ああ。ここでも見かけないけど」

「きまってるでしょ！」アンジェリカは大声をあげた。「あなた、おとなじゃないもの！　おとなになると、スペクターが見えるのよ」

「ぼくは、スペクターなんかちっともこわかないよ」小さな男の子が、よごれたあごを突《つ》きだしながらいった。「あんな化けもの、殺してやる」

「おとなはぜんぜんもどってこないの？」ライラはきいた。

「ええ、あと何日かはね」アンジェリカが答えた。「スペクターがほかの場所に行くまで。あたしたち子どもは、スペクターが来るのが楽しみなのよ。だって、街の中を自由に走りまわれるし、好きなことができるから」

「だけど、おとなは、スペクターになにをされると思ってるんだい？」ウィルがいった。

「スペクターがおとなをつかまえるのは、見るもおそろしいわ。その場でおとなの命をくいつくすのよ。あたし、ぜったい、おとなになんかなりたくない。おとなは、それが起こるとわかると、こわくなって、わんわん泣くのよ。目をそむけて、それが起こらないふりをしようとするんだけど、起こってしまう。手おくれなのよ。つかまったら、近づく者はいないわ。ひとりっきりよ。それから、青ざめて、動かなくなるの。まだ生きてるんだけど、内側はくいつくされてるのよ。目をのぞくと、頭の奥《おく》が見えるわ。そこにはなにもないの」

女の子は弟のほうをむき、弟の鼻をシャツのそでふいた。

「あたしとパオロは、アイスクリームをさがしに行くわ。いっしょに来る？」

「いや」ウィルがいった。「ほかにやることがあるんだ」

「じゃあ、さよなら」女の子はいった。パオロがいった。「スペクターを殺せ！」

「さようなら」ライラはいった。

アンジェリカと小さな男の子が姿を消すなり、パンタライモンがライラのポケットから出てきた。そのハツカネズミの顔はいらだち、目はぎらついていた。

パンタライモンはウィルにいった。「あの子たちは、きみが見つけた窓のことを知らないんだね」

ウィルは、パンタライモンが話すのをはじめて聞いた。それまでに見たほかのどんなことよりもおどろいた。ライラは、ウィルのおどろきぶりを見て笑った。

「彼《かれ》は――しゃべったけど――ダイモンはみんな話せるのかい？」ウィルはいった。

「きまってるでしょ！」ライラはいった。「ただのペットだと思ったの？」

ウィルは頭をかき、まばたきしてから、首をふった。「いいや」そう答えてから、パンタライモンにむかっていった。「そのとおりだよ、そう思う。あの子たちは、窓のことを知らない」

「なら、通り方に気をつけたほうがいいな」パンタライモンはいった。

ハツカネズミと話すのが妙に感じられたのは、ほんの一瞬だった。そのあとは、電話の受話器にむかって話すようなものだった。じっさいは、ライラと話しているのだから。もっとも、ハツカネズミとライラはわかれている。ハツカネズミのいうことには、ライラの気持ちが入っているだろうが、べつの気持ちもまじっているはずだ。一度に奇妙なことがたくさん起こったので、答えを出すのはむずかしかったが、ウィルはなんとか考えをまとめようとした。

「きみはまず、着るものを見つけなきゃならないよ」ウィルはライラにいった。「ぼくの世界のオックスフォードへ行く前に」

「どうして？」ライラはかたくなな口調でいった。

「そんなかっこうじゃ、ぼくの世界の人間とは話せないからさ。近づけさせてもらえない。そこにふさわしいかっこうをしなきゃ。カムフラージュするのさ。ぼくはよく知ってるんだ。何年間もやってきたからね。いうことを聞いたほうがいいぞ。さもないと、つかまってしまう。きみがどこから来たかとか、あの窓のこととか、なにもかもわかってしまったら……せっかく、ここはいい隠れ場所なのに、この世界は。いいかい、ぼくは……あるやつらから隠れなきゃならない。ここは、夢みたいな最高の隠れ場所なんだ、発見されたくないんだよ。だから、場ちがいなかっこうをしたせいで、秘密をあかしてしまうようなはめになってほしくない。ぼくもオックスフォードでやらなきゃならないことがある。もしぼくを売ったりしたら、殺すからな」

ライラはぐっとつばをのみこんだ。真理計はうそをつかなかった。この男の子は人殺しなんだ。前にも人を殺したことがあるなら、あたしも殺せるだろう。ライラは真剣《けん》にうなずいた。本気だった。

「わかったわ」

パンタライモンはキツネザルになり、不安そうに目を見ひらいてウィルを見つめていた。ウィルは見つめかえした。ダイモンはまたハツカネズミになり、ライラのポケットにもぐりこんだ。

「よし」ウィルはいった。「ここにいるあいだは、ほかの子どもたちに、彼らの世界のどこかから来たばかりだというふりをするんだぞ。おとながいないのは好都合だ。ぼくたちが行ったり来たりしても、気にとめる者がいない。だけど、ぼくの世界では、いうとおりにしなきゃだめだぞ。まず最初に、体を洗ったほうがいい。きれいにしないと、人目についちゃうからね。どこへ行くにしても、カムフラージュしなきゃいけない。だれの注意もひかないよう自然に見えなきゃならない。だから、まず髪《かみ》を洗いに行ってくれ。浴室にシャンプーがあるよ。それがすんだら、服をさがしに行こう」

「やり方がわかんないわ」ライラはいった。「髪なんか、洗ったことないもの。ジョーダン学寮《がくりょう》では、家政婦がやってくれたの。そのあとは、洗う必要がなかったし」

「なんとか洗うしかないよ。すみからすみまで洗うんだぞ。ぼくの世界の人間は、清潔なんだから」

「へーえ」ライラは二階へむかった。凶暴《きょうぼう》な顔をしたネズミが、ライラの肩《かた》ごしにウィルをにらんだが、ウィルは落ちつきはらって見つめかえした。

ウィルは、この晴れわたった静かな朝、街を探検してまわりたかった。一方で、母がとても心配だった。また、自分がひき起こした死に対して、まだショックをおぼえていた。そして、そのすべての上にあるのが、果たさなくてはならない使命だった。でも、いそがしくしているほうがいいので、ライラを待つあいだ、キッチンを掃除《そうじ》し、床《ゆか》を洗い、外の路地で見つけたごみ箱にくずを捨てた。

それからウィルは、買い物袋《ぶくろ》から緑色の革《かわ》の文具箱を出し、じっと見つめた。あの窓からオックスフォードへ行く方法をライラに教えたら、すぐにもどってきて、なにが入っているのか、見てみよう。ウィルはさしあたって、自分が眠ったベッドのマットレスの下に文具箱を押《お》しこんだ。この世界では、これは安全だ。

ライラがきれいになって、濡《ぬ》れたまま階下におりてくると、いっしょに服をさがしに出かけた。この街のほかのすべての場所とおなじように古ぼけたデパートがあった。ウィルの目には少し流行遅れに見える服がならんでいたが、タータン・チェックのスカートと、パンタライモンが入れるポケットのついた緑色のそでなしのブラウスを見つけた。ライラはジーンズをはくのは拒《こば》んだ。ほとんどの女の子がジーンズをはくものだとウィルがいっても、ライラは信じようとしなかった。

「ズボンじゃないの」ライラはいった。「あたしは女の子よ。ふざけないで」

ウィルは肩をすくめた。タータン・チェックのスカートはありふれたもので、それが肝心《かんじん》なことだった。デパートから出る前に、ウィルはカウンターのうしろの現金用のひきだしにコインを何枚か入れた。

「なにしてんの？」ライラはきいた。

「お金を払《はら》うのさ。ものを買うには、お金を払わなきゃならない。きみの世界では、払わないのかい？」

「こんな場合は、払うもんですか！　さっきの子たちだって、払いやしないわ」

「あの子たちが払わなくても、ぼくは払うんだ」

「おとなみたいなまねをしてると、スペクターにつかまっちゃうわよ」ライラはそういったが、ウィルをからかってもいいのか、それともこわがったほうがいいのか、わからなかった。

昼間見ると、街の中心部の建物はどれもすごく古かった。いくつかの建物は、いまにもくずれそうだった。道路の穴は、修復されていなかった。窓はわれ、しっくいははげていた。それでも、このあたりは、昔は美しくてりっぱだったのだ。木彫《きぼ》りのアーチつきの入口のむこうには、緑の草木でいっぱいの広々とした中庭が見えた。宮殿《きゅうでん》のように見える大きな建物もあった。玄関《げんかん》の階段にはひびが入り、ドアははずれそうだったが。チガーゼの住民は、建物をとりこわして新しいものを建てるよりも、修繕《しゅうぜん》していつまでも使うのを好むようだ。

やがて、小さな広場にぽつんとたっている塔《とう》のところまで来た。それまでに見た、いちばん古い建物だった。胸壁のある、四階建ての塔だった。明るい日ざしの中で静まりかえっているのには、なにかわけでもありそうだった。ウィルもライラも、入口の幅《はば》の広い階段の上にある半分ひらいたドアにひき寄せられそうになったが、そのことは口に出さず、気になりながらもそのまま歩きつづけた。

ヤシの木のならんだ大通りまで行くと、ウィルはライラに、角の小さなカフェをさがすようにいった。おもての歩道に、緑色に塗《ぬ》られた金属のテーブルがならべられたカフェだ。ライラは、一分もしないうちに見つけた。日の光の中で見ると、小さくてうすよごれて見えたが、おなじ場所だった。鉄板のカウンター、エスプレッソ・マシーン、あたたかい空気の中でいまや腐臭《ふしゅう》を発しはじめているたべかけのリゾットの皿。

「ここにあるの?」ライラはきいた。

「いや。道のまん中にある。ほかの子がいないか、よくたしかめるんだぞ……」

彼らのほかにはだれもいなかった。ウィルはライラを、ヤシの木の下の中央分離帯《ぶんりたい》までつれていくと、あたりを見まわして位置を確認《かくにん》した。

「このあたりだったと思う。通りぬけたとき、あそこの白い建物のむこうに、大きな丘が見えて、こっちを見ると、あのカフェがあって……」

「どんなふうなの？　なにも見えないわ」

「見まちがえようがないものだよ。これまで見たどんなものともちがうんだから」

ウィルはあちこちに目をむけた。消えてしまったのか？　とじてしまったのか？　どこにも見あたらなかった。

それから、ふいに、思いついた。ウィルはそのふちを見ながら、あちこち移動した。前の晩、オックスフォードの側で見つけたときとおなじで、一方からしか見えないのだ。うしろからだと、見えない。むこう側の芝生《しばふ》にさしている日ざしは、こっち側の芝生にさしている日ざしとおなじようだったが、微妙《びみょう》にちがっていた。

「ここだよ」ウィルは、確信していった。

「ほんとだ！　見える！」

ライラは興奮していた。パンタライモンがしゃべるのを聞いたときのウィルのように、びっくりしていた。ライラのダイモンは、ポケットの中にじっとしていることができず、出てきてスズメバチになった。パンタライモンは数回、穴まで飛んでいってはまたもどった。ライラは、まだ少し濡れている髪をかきあげた。

「はしっこに寄っているんだぞ」ウィルがいった。「前に立ってると、脚《あし》だけ見えるから、なんだろうと思われるはずだ。ぼくは、だれにも気づかれたくないんだ」

「あの音はなにかしら？」

「車だよ。オックスフォードの環状《かんじょう》道路の一部だからね。きっと車がたくさん通ってるんだ。かがんで、わきから見てみよう。この時間に通りぬけるのはまずいんだけどね、人が多すぎるから。でも、夜中だと、どっちへ行ったらいいのか、よくわからないし。まあ、とにかく、いったん通りぬけたら、すぐにまぎれこめる。きみが先に行くんだぞ。さっとくぐりぬけて、窓からはなれるんだ」

ライラは、あのカフェを出て以来しょっていた小さな青いリュックサックをおろし、小わきにかかえてから、しゃがみこんで窓のむこうを見た。

「まあ――」ライラは息をのんだ。「あれがあなたの世界なの？　ぜんぜんオックスフォードらしくないわ。ほんとにオックスフォードなの？」

「もちろんさ。通りぬけたら、すぐ前に道がある。左へ進んで、少し先まで行くと、道が右へ折れる。そのまま行けば、街の中心に出るんだ。この窓がどこにあるか、よく見ておぼえておくんだぞ、いいね？　ほかにもどる道はないんだから」

「わかった。忘れない」

ライラはリュックサックを小わきにかかえたまま、空中の窓をくぐりぬけ、姿を消した。ウィルはかがみこんで、ライラの行ったところを見た。

ライラは、ウィルの世界のオックスフォードの芝生の上に立っていた。パンタライモンはスズメバチのまま彼女《かのじょ》の肩にとまっていた。ウィルの判断するかぎり、ライラが出るところを見た者はだれもいなかった。一メートルばかりむこうを、車とトラックがビュンビュン通りすぎていた。この交通量の多い交差点の近くでは、車を運転する者は、奇妙《きみょう》な空中の一画を目にしたとしても、じっとよそ見をするひまはなかった。しかも、ゆきかう車がその窓をさえぎって、むこう側の人の目につかないようにしていた。

キーッというブレーキの音、叫《さけ》び声、バンという音。ウィルはさっと体を倒《たお》して、むこうを見た。

ライラは芝生の上に横たわっていた。一台の車が急ブレーキをかけたので、うしろのバンが追突《ついとつ》し、車を前に押しだしていた。そして、ライラが、じっと横たわっていた——

ウィルはいそいで窓をかけぬけた。だれにも見られなかった。すべての目が、車と、つぶれたバンパーと、おりてくるバンの運転手と、小さな女の子にむけられていたからだ。

「どうしようもなかったのよ——彼女が急に前に飛びだしてきて——」車を運転していた中年の女が、いった。「あんた、くっつきすぎてたのよ」バンの運転手にくってかかった。

「それはともかく……その子はどんなぐあいだい?」

バンの運転手は、ライラのわきにひざまずいているウィルに話しかけた。ウィルは顔をあげてあたりを見たが、だれにも文句をいえなかった。自分が悪いのだ。ウィルのそばの芝生の上で、ライラは目をぱちくりさせながら、顔をあちこち動かしていた。スズメバチのパンタライモンは、ライラのわきの芝生のくきをぼんやりとはいのぼっていた。

「だいじょうぶか?」ウィルはいった。「手足を動かしてみろよ」

「まったくばかなんだから!」車の女がいった。「いきなり飛びだしてくるなんて。ぜんぜん見もしないで。あたしはどうすりゃいいのさ?」

「平気かい?」バンの運転手がきいた。

「ええ」ライラは低い声で答えた。

「体はちゃんと動くか?」

「手足を動かしてみろ」ウィルがいった。

ライラはそうしてみた。折れているところはなかった。

「だいじょうぶです」ウィルはいった。「ぼくが面倒《めんどう》を見ます。心配ないですから」

「その子を知ってるのか?」バンの運転手がきいた。

「妹です。なんでもありません。うちは、角をまがってすぐのところです。ぼくがつれて帰ります」

ライラはもう体を起こしていた。たいしたけがをしていないようなので、女は車に目をむけた。ほかの車は、とまった二台の車の横をまわりこんで進んでいた。通りすぎるとき、運転手たちは、このちょっとした事故現場を、こういう場合にだれもがそうするように、ものめずらしげに見た。ウィルはライラを助け起こした。できるだけはやく、立ちさったほうがいい。女とバンの運転手は、ふたりのあいだの問題は保険会社に処理してもらったほうがいいとすでにわかったので、住所を教えあっていた。ライラはそのとき女が、ウィルがライラをつれていこうとしていることに気づいた。

少し足をひきずっていた。

「待って！」女は叫んだ。「あんたたちは証人よ。名前と住所を教えて」

「ぼくはマーク・ランサム」ウィルはふりかえって、いった。「妹はリサです。うちは、ボーン・クローズ26番地です」

「郵便番号は？」

「おぼえていません……はやくつれて帰りたいんだけど」

「運転台に乗れよ」バンの運転手がいった。「うちまで送ってやる」

「いいえ、だいじょうぶです、歩くほうがはやいし」

ライラの足のけがは、それほどひどいわけではなかった。ライラはウィルといっしょに歩きさり、シデの並木の下の芝生を進み、最初の角をまがった。

ふたりは低い庭の塀《へい》に腰《こし》をおろした。

「痛むかい？」ウィルがきいた。

「脚にぶつかったの。倒れたとき、頭を打ったのよ」ライラは答えた。

けれども、ライラが心配なのは、それよりもリュックサックに入っているもののことだった。ライラはリュックサックの中を手さぐりでさがし、黒いビロードにつつまれた重く小さなものをとりだし、つつみをといた。真理計を見ると、ウィルは目を大きく見ひらいた。表面のふちに描《えが》かれたいくつもの小さな絵、金色の三つの短い針、動きまわる長い針、がっしりしたりっぱな本体に、息をのんだ。

「なんなんだ?」ウィルはいった。

「あたしの真理計。真実を教えてくれる道具よ。絵を読むとわかるの。こわれてないといいんだけど……」

それは無傷だった。ライラのふるえる手の中でさえ、長い針はしっかりまわった。ライラは真理計をしまった。「あんなにたくさんの馬車を見たのははじめて……あんなにはやく走るなんて、思いもよらなかったわ」

「きみの世界のオックスフォードには、車やバンがないのか?」

「そんなに多くは。あんなのはないわ。慣れてなかったの。でも、もうだいじょうぶよ」

「これからはよく気をつけろよ。バスの下をくぐったり、迷子になったりしたら、きみがこの世界の人間じゃないとわかって、みんな、通り道をさがしはじめる……」

ウィルは、必要以上に怒《おこ》ってみせた。やがて、いった。

「よし、いいか。もしきみがぼくの妹のふりをしてくれたら、ぼくは正体を隠《かく》せる。やつらがさがしてる人間には、妹がいないからね。それに、もしぼくがいっしょにいれば、死なないで道を渡《わた》る方法を教えてやれる」

「わかったわ」ライラは謙虚《けんきょ》にいった。

「それに、お金だ。きみはきっと――お金なんて持ってないよね？　どうやってあちこち行ったり、たべたりするつもりなんだ？」

「お金ならあるわ」ライラはさいふから金貨を何枚か出した。

ウィルは信じがたいように金貨を見た。

「それは金《きん》だね？　そうだろ？　そんなもの出したら、あれこれきかれるよ、まちがいなく。危険だ。ぼくが少しお金をやる。その金貨はしまっておいて、人に見せないようにするんだぞ。あと、忘れるなよ――きみはぼくの妹で、名前はリサ・ランサムだ」

「リジーよ。自分でリジーって名乗ったことがあるの。それならおぼえていられる」

「わかった、じゃあリジーだ。ぼくはマーク。忘れるなよ」

「わかったわ」ライラはすなおにいった。

ライラの脚は、いまにも痛みだしそうだった。車があたったところは、すでに赤くはれあがっていた。黒ずんだ大きなあざも、できつつある。前の夜ウィルになぐられてできたほおのあざもあるし、まるで虐待《ぎゃくたい》でもされているように見えた。ウィルはそれも心配だった。警官が興味をもつのではないか？

ウィルは忘れようとした。ふたりはいっしょに出発し、信号のところで道を渡り、シデの木の下にあるあの窓のあたりをちらっとふりかえって見たが、なにも見えなかった。窓はまったく見えず、車はまた流れていた。

バンベリー・ロードを十分歩き、サマータウンに行くと、ウィルは銀行の前で足をとめた。

「なにをするの？」

「お金をおろすのさ。あまり何度もおろさないほうがいいだろうけど、営業時間が終わるまでは、正式に記録されないからね、たぶん」

ウィルは母の銀行のカードを自動支払機に入れ、暗証番号を打ちこんだ。なにもおかしなところはないようだったので、ウィルは百ポンドひきだした。自動支払機はどこおりなく処理を終えた。ライラは、ポカンと口をあけて見ていた。ウィルはライラに二十ポンド札を渡した。

「それをあとで使うんだ。なにか買ったら、おつりをもらうんだぞ。バスを見つけて、街へ行こう」

ライラは、バスのことはすべてウィルにまかせた。バスに乗りこむと、静かにすわり、彼女のものであると同時に彼女のものでない街の家々や庭をながめていた。まるで、ほかのだれかの夢の中にいるみたいだった。ふたりは、街の中心にたつ古い石づくりの教会の近くでバスをおりた。ライラはその教会を知っていたが、そのむかいには、ライラの知らない大きなデパートがたっていた。

「すっかりかわってる。まるで……あれはコーン市場じゃないんでしょ？　こっちはブロードね。ベイリャル学寮《がくりょう》もある。ずっとむこうに、ボドリー図書館もある。でも、ジョーダン学寮はどこ？」

ライラはひどくふるえていた。事故の影響《えいきょう》が遅《おく》れて出たのかもしれないし、彼女がわが家として知っているジョーダン学寮の場所にまったくちがう建物があるのを見てショックをうけたせいかもしれない。

「おかしいわ」ちがうものを大声で指摘《してき》するのはやめろとウィルにいわれたので、ライラは声を落としていった。「ここはべつのオックスフォードだわ」

「ああ、そんなのわかってたさ」

ウィルは、ライラがわれを忘れるほどおどろくとは予期していなかった。ウィルにはわからなかったのだ——ここともほとんどおなじ通りをライラが毎日のように走りまわっていたことも、彼女がジョーダン学寮の一員であることをどれだけ誇《ほこ》りに思っていたかも。ジョーダン学寮といえば、もっとも優秀《ゆうしゅう》な学者がそろい、金庫にはどこよりもたくさんのお金が入っていて、その美しさは比類なかった。それがいま、そこにはない。ライラはもはやジョーダン学寮のライラではなかった。奇妙な世界に迷いこんだただの小さな女の子で、どこの子でもなかった。

「もしジョーダン学寮がないなら……」ライラはふるえ声でいった。

思っていたよりも長く時間がかかるだろう。それだけのことだ。

4　穿《せん》頭《とう》

ライラが立ちさるなり、ウィルは電話ボックスを見つけ、弁護士からの手紙に書かれている事務所の番号を見て電話をかけた。

「もしもし、パーキンズ弁護士をお願いします」

「どちらさまですか?」

「ジョン・パリーに関することです。ぼくは息子《むすこ》です」

「少々お待ちください……」

一分たってから、男がいった。「もしもし。アラン・パーキンズです。どなたですか?」

「ウィリアム・パリーです。とつぜん電話してすみません。父のジョン・パリーのことでちょっと。あなたは三か月ごとに、父からのお金を母の銀行口座に振《ふ》りこんでいますね」

「たしかに……」

「父がどこにいるのか、知りたいんです。生きてるんですか、もう死んでるんですか？」

「きみはいくつだね、ウィリアム？」

「十二歳《さい》です。父のことを知りたいんです」

「なるほど……おかあさんは、きみが電話していることを知っているのかな？」

ウィルは慎重《しんちょう》に考えた。

「いいえ。あまり体のぐあいがよくないんです。母はあまり話せないので、あなたから聞きたいんです」

「なるほど。きみはいまどこにいるんだね？　家かな？」

「いいえ、ええと……オックスフォードにいます」

「ひとりで？」

「ええ」

「おかあさんは体のぐあいがよくないといったね？」

「ええ」

「入院かなにかしているのかな？」

「そんなところです。あのう、教えてもらえるんですか、だめなんですか？」

「教えてやれることはあるがね、多くはないし、いますぐはだめだ。それに、電話では話さないほうがいいだろう。五分後に、依頼人《いらいにん》に会うことになっているし……二時半ごろ、事務所に来られるかな?」

「だめです」ウィルはいった。それは危険すぎる。そのころまでには、弁護士は、ウィルが指名手配になっていることを知ってしまうかもしれない。ウィルはいそいで考えて、話をつづけた。「ノッティンガムまで行かなきゃならないもので、バスに乗り遅《おく》れたくないんです。でも、ぼくの知りたいことは、電話で話せるんじゃないですか? 知りたいのは、父が生きているかどうか、生きているなら、どこにいるのか、それだけです。教えてもらえませんか?」

「ことはそれほど単純じゃなくてね。依頼人がそう望んでいるとはっきりわかっていないかぎり、依頼人に関する個人的な情報はもらすわけにはいかないんだ。それに、きみがだれなのか、証明してもらう必要があるし」

「ええ、わかります。でも、父が生きているのか死んでいるのか、それだけでも教えてもらえませんか?」

「そうだな……まあ、それは秘密にするようなことでもないが。残念ながら、教えられないんだ。知らないものでね」

「どういうことです？」

「金は家族信託《しんたく》から出ていてね。ジョン・パリーさんは、やめろというまで金を振りこみつづけるように、という指示をわたしにあたえたんだ。その日からきょうまで、なんの連絡《れんらく》もない。つまるところ、ジョン・パリーさんは……失踪《しっそう》したんじゃないかな。だから、わたしはきみの質問に答えられないのさ」

「失踪した？　じゃあ……ゆくえ不明なんですか？」

「公《おおやけ》にそういう記録が残っている。いいかね、事務所に来れば——」

「行けません。ノッティンガムに行くもので」

「それじゃ、わたしに手紙をよこしなさい。おかあさんに書いてもらってもいい。そしたら、できるかぎりのことを知らせる。わかってほしいが、電話ではあまり話せないんだ」

「ええ、そうでしょうね。わかりました。ただ、どこで失踪したのか、教えてもらえませんか？」

「さっきもいったように、公の記録に残っている。当時、いくつかの新聞にのったんだ。おとうさんが探検家だったことは、知っているね？」

「母が少し話してくれました、ええ……」

「おとうさんは探検隊を率いていたんだが、その探検隊がゆくえ不明になった。十年ほど前のことだ」

「どこで?」

「はるか北だ。アラスカ、だと思う。公立図書館で調べられる。どうだね——」

けれども、そのとき、電話が切れた。ウィルにはそれ以上小銭《こぜに》がなかった。耳もとで、発信音が鳴っていた。ウィルは受話器をおき、あたりを見まわした。

なによりもまず、母と話したかった。ウィルは、クーパー先生に電話したい気持ちをなんとかおさえた。もし母の声を聞いたら、どうしても母のところへもどりたくなるだろう。そんなことをしたら、ふたりとも危険になる。でも、はがきくらい送れるだろう。

ウィルは、街の風景の絵はがきを選び、こう書いた。《親愛なるおかあさん、ぼくは無事で元気です。近いうちに、また会えるでしょう。なにも問題がないことを祈《いの》ります。愛しています。ウィル》それから、あて名を書き、切手を買い、しばらくはがきを抱《だ》きしめてから、郵便ポストに入れた。

まだ昼前だった。ウィルがいるのは、大きな商店街で、バスが通行人の群れをぬって進んでいた。ウィルは、自分がどれだけめだっているかに思いいたった。平日で、ウィルくらいの年の子どもは学校に行っている時間だからだ。どこへ行ったらいいのか？

ウィルが身を隠《かく》すのに長くはかからなかった。かんたんに姿を消せる。得意だし、そのわざを誇《ほこ》りにさえしている。ウィルの方法は、セラフィナ・ペカーラが船で姿を隠した方法と似ている。自分を徹底的《てっていてき》にめだたなくし、背景の一部にするのだ。ウィルは文房具《ぶんぼうぐ》屋に入り、ボールペンと、はぎとり式のノートと、クリップボードを買った。学校ではしばしば、子どもたちを何組かのグループにわけて街に出し、商店の調査のようなものをさせる。そういう実習にとりくんでいるように見えれば、ぶらぶらしているように思われないはずだ。

ウィルは、メモをとるふりをしながら歩き、公立図書館を注意深くさがしつづけた。

一方、ライラは、真理計《アレシオメーター》を読もうと静かな場所をさがしていた。ライラの世界のオックスフォードなら、五分も歩かないうちに、十あまりの場所が見つかっただろうが、こっちのオックスフォードは、めんくらうほどちがっていた。よく知っているものがあって感動したかと思うと、そのすぐそばに、まったく奇怪《きかい》なものがあったりした。どうして道に黄色い線をひいたりしたんだろう？　どの歩道にも点々とくっついている白く小さなものはなんだろう？（ライラの世界には、チューインガムというものはなかった）道の角にある赤と青のランプは、どういう意味なんだろう？　どれもこれも、真理計を読むよりずっとむずかしかった。

けれども、セント・ジョンズ学寮《がくりょう》の門があった。ライラは一度、花壇《かだん》で花火をしようと、日が暮れてからロジャーといっしょにそこによじのぼったことがある。そして、キャテ通りの角のあのすりへった石――そこには、サイモン・パースローが彫《ほ》って書いたSPという頭文字《かしらもじ》があった。まさにあれだ！　ライラは、サイモン・パースローがそうするところを見たのだ！　おなじ頭文字をもったこの世界のだれかが、ここにひまそうに立って、まったくおなじことをしたのにちがいない。

この世界にも、サイモン・パースローがいるのかもしれない。

たぶんライラもいるのだろう。

背中にさむけが走った。ハツカネズミの姿をしたパンタライモンが、ライラのポケットの中でふるえた。ライラ自身もふるえた。この世界では、想像力を働かせてつくりださなくても、いくらでもふしぎなことがころがっている。

こっちのオックスフォードがライラのオックスフォードとほかにもちがうのは、どの歩道にも群れをなしている人の数の多さだった。どの建物も、人が出たり入ったりしていた。あらゆる種類の人がいた。男みたいなかっこうをした女の人、アフリカ人、リーダーにおとなしくしたがっているタタール人のグループさえいた。みんな、きちんとした身なりをし、小さな黒いスーツケースを持っていた。ライラははじめ、おそるおそる彼《かれ》らを見つめた。ダイモンを持っていないからだ。ライラの世界では、ダイモンを持っていない人間は、おばけかもっとおぞましいものとみなされる。

けれども（これがいちばん奇妙《きみよう》なことだが）、彼らはみんな、なんの不都合もなく生きているみたいだった。その生きものたちは、どこから見ても人間のように、元気に動きまわっていた。ライラは、人間とはそういうもんなんだろうと認めざるをえなくなった。彼らのダイモンは、ウィルのとおなじように彼らの中にいるんだ。

このまがいのオックスフォードを見さだめながら一時間ほどさまよったあと、ライラは空腹をおぼえたので、二十ポンド札でチョコラトル・バーを一本買った。店主はライラを奇妙そうに見たが、インド人だったので、なまりはわからなかったはずだ。ライラは、はっきり聞こえる声で話したけれど。そのおつりで、カバード市場でリンゴを一個買った。カバード市場は、ほんとうのオックスフォードに近かった。それから、ライラは公園めざして歩いていった。公園まで行くと、いかにもオックスフォードふうの威厳《いげん》のある建物の前に立った。ライラの世界にはなかった建物だが、あっても場ちがいじゃなかっただろう。ライラは、外の芝生《しばふ》にすわってたべながら、その建物を満足して見つめた。

そこは博物館だった。ドアはあいていた。ライラが中に入ってみると、動物の剝製《はくせい》や、骨の化石や、鉱物が陳列《ちんれつ》されていた。ライラの世界のロンドンで、コールター夫人といっしょに行った王立地質学博物館にそっくりだった。鉄とガラスでできた大きなホールの奥《おく》に、博物館のべつの場所につうじる入口があった。ほとんど人がいなかったので、ライラはそこを通りぬけ、あたりを見まわした。はやく真理計を読みたい気持ちにかわりはなかったが、そのふたつめの部屋には、ライラのよく知っているものがずらりとならんでいた。ライラの毛皮の服にそっくりの防寒服、そりやセイウチの牙《きば》の彫りものやアザラシ狩り用のもり、無数のごたまぜの記念品や遺物や呪術《じゅじゅつ》用の品や道具や武器、などで陳列棚《ちんれつだな》はいっぱいだった。ライラが見たところ、北極のものばかりでなく、この世界のあらゆる場所のものがあった。

なんて奇妙なのかしら。あのカリブーの毛皮の服は、あたしのとまったくおんなじだけど、あのそりのひき綱《づな》の結び方は完全にまちがってる。そこには、サモエード族の猟師たちをとった写真《フォトグラム》も展示されていた。ライラをつかまえてボルバンガーのやつらに売ったサモエード族に生きうつしだ。見て！　おなじ男たちじゃないの！　ロープまで、まったくおなじ場所がすりきれていて結びなおしてある。そのそりに縛《しば》りつけられて、何時間も苦しんだのだから、よくわかってる。この奇妙さはどういうことなのか？　やっぱり、世界はひとつだけで、ほかの世界は夢で見ているのか？

と、そのときライラは、あるものを見つけ、真理計のことを思いだした。黒塗《くろぬ》りの木のわくがついた古いガラスの陳列棚に、人間の頭蓋骨《ずがいこつ》がたくさん入っていて、そのいくつかには穴があけられていたのだ。いくつかは前に、いくつかは横に、いくつかは上に。まん中にある頭蓋骨には、ふたつの穴があった。カードに細長い文字で書かれた説明によると、この処理は〝穿頭〟と呼ばれる。カードには、どの穴も生きているうちにあけられた、とも記されていた。骨のふちがふさがってなめらかになっているからだ、と。けれども、そうでないものもひとつあった。その穴には、青銅の矢じりがささったままで、ふちはでこぼこで、だれの目にもほかのとちがうとわかる。

これこそが、北のタタール族がすることだ。スタニスラウス・グラマンが自分自身にしたことのはずだ、グラマンを知っているジョーダン学寮の学者の話によれば。ライラはすばやくあたりを見まわし、近くにだれもいないことをたしかめると、真理計をとりだした。

ライラは中央の頭蓋骨に精神を集中し、たずねた。〈この頭蓋骨はどんな人のもの

だったの、その人はどうして穴をあけさせたの?〉

ガラスばりの屋根からさしこんで、上のほうの通路をななめによぎっている、ほこりまじりの光の中で、ライラは集中しつづけたので、人に見られていることに気づかなかった。

上等な仕立ての麻《あさ》のスーツにパナマ帽《ぼう》をかぶった、六十代のたくましい体つきの男が、上の通路に立って、鉄の手すりごしに見おろしていたのだ。

白い髪《かみ》は、なめらかで日に焼けた、ほとんどしわのない額からうしろへ、きちんとなでつけられていた。目は大きく黒く鋭《するど》く、まつげが長かった。一分かそこらごとに、黒っぽくて先のとがった舌が口のはしから出て、くちびるをなめた。胸ポケットのまっ白なハンカチからは、鼻をつくオーデコロンの香《かお》りがした。根もとから腐敗臭《ふはいしゅう》がする、温室の植物のようなにおいだ。

男は数分前からライラを見ていた。ライラが下を歩きまわるのにあわせて、上の通路を移動していたのだ。ライラが頭蓋骨の陳列棚のそばにじっと立ちどまると、男は彼女《かのじょ》をじっくり観察し、すべてを見てとった。のび放題のぼさぼさの髪、ほおのあざ、新しい服、真理計の上で弓なりに曲げられたむきだしの首、むきだしの脚《あし》。

男は胸ポケットのハンカチをぬきとり、額をぬぐってから、階段へむかった。

ライラは、すっかり心を奪われながら、奇妙なことを知りつつあった。ここにある頭蓋骨はどれも、想像もつかないほど古い。陳列棚のカードには、〝青銅器時代〟と記されているだけだが、けっしてうそをつかない真理計は、まん中の頭蓋骨の男はいまから三万三千二百五十四年前に生きていた、という。魔術師《まじゅつし》で、その穴は頭に神を入れるためにあけられた、という。それから真理計は、さりげなく――ライラがききもしないのに答えることがあるが――矢じりがささった頭蓋骨よりも、穿頭された頭蓋骨のほうが、ダストがずっと多い、とつけくわえた。

いったいどういう意味だろう？　ライラは、真理計とわかちあっていた静かな集中をといて、現実にもどった。と、そこにいるのは、もはや彼女だけではなかった。白っぽいスーツを着た、甘ったるいにおいのする年とった男が、となりの陳列棚をじっと見つめていたのだ。だれかに似ていたが、ライラは思いだせなかった。

男は、ライラに見られていることに気づいて、笑《え》みをうかべながら顔をあげた。

「穿頭された頭蓋骨を見ているのかね？　奇妙なことをする人間もいるもんだ」

「はあ」ライラは無表情にいった。

「いまでもこういうことをやっている人間がいるのは知ってるかな？」

「ええ」

「ヒッピーやそういった連中さ。きみは小さいから、ヒッピーなんか知らんだろうがね。麻薬《まやく》より効果があるそうだよ」

ライラはすでに真理計をリュックサックにしまい、どうやって立ちさろうかと考えていた。真理計にまだ重要な質問をしていなかったのに、その年とった男が話しかけてきてしまったのだ。男はやさしそうだし、いいにおいがした。さらに近づいていた。身をかがめてライラの体に軽く片手をふれながら、陳列棚をのぞきこんだ。

「おどろきじゃないかね？　麻酔薬《ますいやく》もなく、消毒薬もなく、たぶん石器でやったんだ。きっと強じんだったんだろう。きみははじめてここに来たようだね。わたしはよく来るんだ。名前は？」

「リジーよ」ライラは気楽に答えた。

「リジーか。こんにちは、リジー。わたしはチャールズだ。オックスフォードの学校に通っているのかね？」

ライラは、どう答えたらいいのかわからなかった。

「いいえ」

「見学に来ただけかね？　なら、きみはいい場所を選んだよ。とくに、なにに興味があるのかな？」

ライラは、ここしばらくのあいだに出会ったどんな人間よりこの男にとまどいをおぼえた。たしかに、やさしくて愛想《あいそ》がよく、こぎれいなかっこうをしているが、ライラのポケットの中のパンタライモンは、彼女の注意をひき、気をつけるように訴《うった》えかけていた。パンタライモンも、なにかを思いだしていたからだ。ライラは、なにかのにおいを連想した。ふんのにおい、腐敗臭だ。ライラは、イオファー・ラクニソンの宮殿《きゅうでん》を思いだした。あそこの空気は香水《こうすい》のにおいで満ちていたが、床《ゆか》は汚物《おぶつ》でいっぱいだった。

「なんに興味があるかですって？」ライラはいった。「ほんとのところ、なんにでも。いまは、その頭蓋骨に興味があるわ、ここで見つけたから。あんなふうにされたいと思う人がいるなんて、考えられない。おそろしいわ」

「わたしも楽しいことじゃないと思うがね、現実におこなわれているのさ。じっさいにやった人間に会わせてやってもいいよ」男はいった。いかにも親切に力をかそうという態度なので、ライラはもう少しでその気になりそうだった。けれども、そのとき、小さな黒っぽい舌先が、ヘビの舌のようにちろっと口から出て、くちびるを湿《しめ》らせた。ライラは首をふった。

「もう行かなくちゃ。お申し出はありがたいけど、やめとくわ。もう行かなきゃならないの。人と会うことになってるから。友だちと……とめてもらってる友だちと」

「そうか、なるほど」男はやさしくいった。「話せてうれしかったよ。さよなら、リジー」

「さよなら」

「そうだ――いちおう、名前と住所を教えておこう」男は小さな名刺《めいし》をライラに渡《わた》した。「こういうことについてもっと知りたくなったら、いつでもどうぞ」

「ありがとう」ライラは愛想よくいうと、リュックサックのうしろのポケットに名刺を入れ、立ちさった。出ていく途中《とちゅう》、男にずっと見られているのが感じられた。

博物館の外に出ると、ライラは、クリケットやそのほかのスポーツの競技場があるはずの公園へむかった。そこまで行くと、木の下の静かな場所を見つけ、ふたたび真理計を読んでみた。

こんどは、ダストのことを知っている学者がどこにいるかきいた。答えは、単純だった。うしろにある高く四角い建物の一室だということだ。じっさいのところ、答えはかんたんすぎたし、出しぬけだったので、真理計がほかにもいうことがあるとわかった。真理計が人間みたいに感情をもっているのではないかと、ライラはいままでは思いはじめていた。真理計がもっと教えたいときは、そうとわかってきた。

やはりそうだった。真理計はこう伝えた。〈あの男の子のことにかかわらなくてはならない。おまえの仕事は、彼が父親を見つけるのを助けることだ。それに全力をかたむけろ〉

ライラは目をぱちくりした。まったくおどろきだ。ウィルは、ライラを助けるために、どこからともなくあらわれたのだ。それはあきらかだ。ウィルを助けるために、自分がはるばるここまで来たとは、信じがたかった。

けれども、真理計はまだ話しおわっていなかった。長い針がまたぴくっと動いた。ライラは読んだ。

〈その学者にうそをつくな〉

ライラは真理計をビロードでつつみ、見えないようにリュックサックに押《お》しこんだ。それから立ちあがると、まわりを見て、目的の学者がいるはずの建物を見つけ、やみくもに挑《いど》むような気持ちをいだきながら、そこをめざして出発した。

ウィルはかんたんに図書館を見つけた。参考図書係は、ウィルが地理の研究課題の調べものをしているとあっさり信じてくれ、ウィルが生まれた年の《タイムズ》の記事の索引《さくいん》を見つけてくれた。ウィルの父が失踪《しっそう》したのは、ウィルが生まれた年だ。ウイルは腰《こし》をおろして、調べた。はたして、考古学上の探検と関連してジョン・パリーのことに言及《げんきゅう》した記事は、ひとつならずあった。

記事は、各月ごとに、マイクロフィルムにまとめられていた。ウィルは順番に映写機にセットし、少しずつ動かして記事を見つけては、じっくり読んだ。最初の記事は、アラスカの北への探検隊の出発の話だった。その探検隊のスポンサーはオックスフォード大学の考古学研究所で、大昔の人間の定住の証拠《しょうこ》を発見できそうな場所を調査するのが目的だった。元英国海兵隊員でプロの探検家、ジョン・パリーが同行していた。

ふたつめの記事は、六週間後の日付だった。探検隊がアラスカのノアタクの北アメリカ北極調査基地に達した、と短くしるされていた。

三つめは、その二か月後の日付だった。調査基地から応答がなく、ジョン・パリーとその仲間はゆくえ不明になったと思われる、としるされていた。

それにつづく一連の短い記事もあった。捜索隊《そうさくたい》が出発したが徒労に終わったこと、ベーリング海を上空から捜索したこと、考古学研究所の反応、関係者の話……

ウィルはドキッとした。母の写真がのっていたからだ。赤ん坊《ぼう》を抱《だ》いている。ウィルだ。

妻が涙《なみだ》にくれながら知らせを待っている、というありきたりの記事で、残念ながら、具体的な事実にとぼしかった。ジョン・パリーは英国海兵隊で出世街道《かいどう》を歩んでいたが、地理学および科学上の探検隊を組織する仕事に専念するために除隊した、という短い一節もあった。それだけだった。

ほかには記事はなかった。ウィルは、がっかりしながら立ちあがった。どこかほかの場所に、もっと情報があるにちがいない。でも、次にどこへ行けばいいんだ？　あまりに長いあいださがしまわっていると、追跡《ついせき》されるかもしれないし……

ウィルはマイクロフィルムを返し、図書館員にきいた。「考古学研究所の住所はわかりますか？」

「調べればわかるわ……あなた、どこの学校？」

「セント・ピーターズです」

「オックスフォードじゃないわね？」

「ええ、ハンプシャーにあります。授業で、実地見学旅行をしているんです。環境《かんきよう》の研究調査の勉強のようなもので……」

「ああ、なるほど。それであなたは……考古学をね……あったわよ」

ウィルは住所と電話番号を書きとった。オックスフォードを知らないことを認めるほうが安全なので、どのへんかきいた。遠くない。ウィルは図書館員にお礼をいって、出発した。

ライラが建物に入ってみると、階段の下に幅《はば》の広いカウンターがあって、守衛がすわっていた。

「どこへ行くんだね？」守衛はきいた。

ここも、ライラのオックスフォードのようだった。ライラは、ポケットの中のパンタライモンがよろこんでいるのがわかった。

「三階の人に、伝言があるんです」

「だれだね？」

「リスター博士です」

「リスター博士は四階だよ。彼に渡したいものがあるなら、ここにおいていきなさい。わたしが知らせておくから」

「ええ、でも、これはリスター博士がいますぐ必要なものなんです。リスター博士がご希望なんです。それに、ものじゃなくて、話なんです」

守衛はライラをじっくり見たが、ライラが必要なときに自由自在に使いこなせる邪《じゃ》心《しん》のないすなおな態度にはさからえなかった。最後にはうなずき、また新聞を読みはじめた。

もちろん、真理計は人の名前まで教えてくれない。ライラは、リスター博士という名前を、守衛のうしろの壁《かべ》の整理棚から読んだのだ。だれかを知っているふりをすれば、入れてくれるものだからだ。ある意味で、ライラはウィルの世界をウィルより知っていた。

三階には、長い廊下《ろうか》があった。ドアのひとつは、だれもいない講堂につうじ、もうひとつのドアはそれよりも小さい教室につうじていた。その教室では、ふたりの学者が黒板にむかってなにやら議論していた。これらの部屋や、この廊下の壁は、みんな飾《かざ》りがなく地味で、学識豊かで卓越《たくえつ》したオックスフォードらしくなく、ライラの目にはみすぼらしく見えた。それでも、レンガの壁はむらなく塗装《とそう》され、ドアは厚い木で、階段の手すりはみがきあげられたスチールで、かなり金をかけてあった。これもまた、この世界の奇妙《きみよう》なところだ。

ライラはまもなく、真理計が教えてくれたドアを見つけた。ドアにピンでとめられたラベルには、〝暗黒物質《ダーク・マター》研究室〟としるされ、その下には、RIP（やすらかに眠れ）という落書きがあった。鉛筆《えんぴつ》で、〝室長ラザロ〟とも書かれていた。

ライラには、どういうことかわからなかった。ノックした。女の人が「入って」といった。

小さな部屋で、いまにも倒《たお》れそうな書類と本の山がところ狭《せま》しとならんでいた。壁のホワイトボードは、数字と方程式でおおわれていた。ドアの裏には、中国ふうの図《ず》柄《がら》がピンでとめてあった。あいたままのドアごしに、ライラはもうひとつの部屋を見ることができた。その部屋には、複雑なアンバリックの機械のようなものがおかれていた。

ライラは、自分のさがしていた学者が女の人だとわかって少しおどろいたが、真理計は男だといったわけでないし、いずれにせよ、ここは奇妙な世界なのだ。その女の学者は、小さなガラスの画面にさまざまな数字や形が表示された機械にむかってすわっていた。画面の前には、アルファベットのすべての文字が、象牙《ぞうげ》色《いろ》のボードの中にあかじみてならんでいた。

「だれ？」女の学者はきいた。

ライラはドアをしめた。真理計にいわれたことを忘れず、いつもならすることを必死にしないようにした。つまり、うそをつかなかったのだ。

「ライラ・シルバータンです。あなたの名前は？」

女の学者は目をしばたたいた。三十代の後半くらいで、たぶんコールター夫人より少し年上だった。短くて黒い髪に赤いほお。緑色のシャツと、この世界の多くの人がはいている例の青いキャンバス地のズボンの上に、白い上っぱりをはおっていた。ライラの質問をきいて、女の学者は髪を手でかきあげた。「あなたは、きょう起こった二番めに予期しないことよ。わたしはメアリー・マローン博士。なんの用？」

「ダストのことで話があるんです」ライラはいった。すでにあたりを見まわして、そばにだれもいないことをたしかめてあった。「あなたがダストのことを知っていることは、わかってるんです。証明できます。話してください」

「ダスト？　なんの話をしているの？」

「あなたはそう呼ばないかもしれません。素粒子《りゅうし》です。あたしの世界の学者はルサコフ粒子と呼ぶけど、ふつうは、ダストといわれます。かんたんにはあらわれないけど、宇宙からおりてきて、人にくっつきます。でも、子どもにはあまりくっつきません。ほとんどおとなにです。きょう、わかったばかりのこともあります――あたし、道のむこうのあの博物館に行ったんです、そしたら、頭に穴のあいてる古い頭蓋骨《ずがいこつ》があったんです、タタール族がするみたいな。そして、そういう頭蓋骨のほうが、穴のあけられてない頭蓋骨よりまわりにダストがずっと多かったんです。青銅器時代っていつですか？」

女の学者は目を見ひらいてライラを見ていた。

「青銅器時代？　さあ、よく知らないけれど。五千年くらい前じゃないかしら」

「じゃあ、あのラベルの説明はまちがってます。穴がふたつある頭蓋骨は、三万三千年前のものだから」

ライラはそのとき話をやめた。マローン博士が気を失いそうに見えたからだ。ほおからはすっかり血の気がうせ、片手を胸にあて、もう一方の手でいすのひじかけをつかみ、口をぽかんとあけていた。

ライラは、とまどいながらもしっかりと立ったまま、マローン博士が回復するのを待った。

「あなたはだれなの？」女の学者はようやくいった。

「ライラ・シルバー――」

「そうじゃなくて、どこから来たの？　何者なの？　どうしてそんなことを知ってるの？」

ライラは、うんざりしてため息をついた。学者たちがどんなにまわりくどいことをいうものかを、忘れてしまっていたのだ。うそをついたほうがはるかにかんたんにわかってもらえるときに、学者たちにほんとうのことをいうのはむずかしい。

「別世界から来たんです」ライラは話しはじめた。「その世界にも、こんなふうにオックスフォードがあるけど、ちょっとちがってます。あたしはそのオックスフォードから来たんです。それで——」

「ちょっと待って。どこから来たですって？」

「ほかの場所からです」ライラはさらに慎重《しんちょう》にいった。「ここじゃなくて」

「ほかの場所からね……なるほど。まあ、わかったようなわからないような」

「あたし、ダストの正体をつきとめる必要があるんです。あたしの世界の教会の人が、ダストは原罪だと思ってて、ダストをおそれてるから。これはとても重要なことなんです。あたしのおとうさんが……いいえ」ライラは興奮していい、足をふみ鳴らしさえした。「それは、いうつもりはなかったんです。あたし、へまばかりしていて」

マローン博士は、ライラの必死の形相と、ぎゅっとかためられたこぶしと、ほおと脚《あし》のあざを見た。「いいのよ、さあ、落ちついて……」

マローン博士はことばをきり、目をこすった。その目は疲《つか》れのせいで赤くなっていた。

「わたし、どうしてあなたの話を聞いたりしてるのかしら？　頭がどうかしてるにちがいないわ。ほんとのところ、あなたがお望みの答えを得られるのは世界じゅうでここだけだけれど、ここは閉鎖《へいさ》されようとしてるのよ……あなたが話しているもの、ダストというのは、わたしたちがしばらく前から研究しているもののことのようだわ。あの博物館の頭蓋骨の話には、はっとしたわ、なぜって……いえ、もうたくさん。わたし、くたくたなの。あなたの話はぜひ聞きたいけれど、いまはだめ。ここは閉鎖されそうだっていったでしょ？　一週間で計画をまとめて研究資金委員会に提出したいんだけれど、まったく見こみはないの……」

マローン博士は大きくあくびをした。

「きょう起こった最初の予期しないことって、なんですか？」ライラはきいた。

「ああ、それはね、わたしたちが研究資金を獲得《かくとく》できるようにあと押ししてくれると思っていた人が、支援を打ちきったの。まあ、それはある程度予期していたことでもあったわ」

マローン博士はまたあくびをした。

「コーヒーをいれるわ。さもないと、眠《ねむ》ってしまいそう。あなたものむ？」

マローン博士は電気湯わかしに水を満たした。彼女《かのじょ》がふたつのマグ・カップにスプーンでインスタント・コーヒーを入れているあいだ、ライラは、ドアの裏側の中国ふうの図柄を見つめていた。

「あれはなんですか?」ライラはきいた。

「中国のものよ。易経《えききょう》の象徴《しょうちょう》なの。易経って、なにかわかる? あなたの世界にはある?」

ライラは、ばかにされているのかと思って、マローン博士をじっと見た。

「おなじものもあるし、ちがうものもあります、それだけのことです。あたしは、自分の世界をなにもかも知ってるわけじゃありません。たぶん、その中国のものもあるでしょう」

「ごめんなさい」マローン博士はいった。「ええ、たぶんあるでしょうね」

「暗黒物質ってなんですか? ドアのラベルにそう書いてありますよね?」

マローン博士はまた腰をおろし、ライラのためにべつのいすを足にかけてひきよせた。

「暗黒物質は、わたしの研究チームがさがしているものよ。それがなにかは、だれも知らないわ。宇宙には、わたしたちの目に見える以上に多くのものがあるの、それがポイントよ。星や銀河や、光るものは目に見えるけれど、そういうものがばらばらにならないためには、もっとたくさんの——重力がはたらくなにかが必要なのよ。でも、だれもそれを見つけられない。だから、それがなにかをさぐるさまざまな研究プロジエクトがあって、これもそのひとつなの」ライラは全身を耳にして話を聞いていた。ようやく、その女の学者は真剣《しんけん》に話しはじめていた。

「あなたは、それがなんだと思うんですか？」ライラはきいた。

「ええと、わたしたちの考えでは……」マローン博士はいいかけたが、そのとき、湯わかしが沸騰《ふっとう》した。立ちあがって、コーヒーをいれながら、話をつづけた。「わたしたちは、ある種の素粒子だと考えているの。これまで発見されたものとはまったく異なるなにかよ。でも、検出するのがすごくむずかしいの……あなた、どこの学校へ行ってるの？　物理を勉強しているの？」

ライラは、パンタライモンが彼女の手をつねり、ふくれるな、と注意するのがわかった。ほんとうのことをいえ、という真理計のアドバイスはたいへんけっこうだけれど、ほんとうのことをなにもかもいってしまったらどうなるか、ライラにはわかっていた。ただし、慎重に話を運んで、うそそのものは避《さ》けなくてはならない。

「ええ」ライラはいった。「少しは知ってます。でも、暗黒物質のことは知りません」

「わたしたちは、ほかのあらゆる粒子が騒々《そうぞう》しく動きまわっている中で、このほとんど検出不可能なものを見つけようとしているの。ふつうは、地下数百メートルのところに検出器をうめるんだけれど、わたしたちはそうしないで、検出器のまわりに電磁場をもうけ、いらないものはシャットアウトして、ほしいものを通すようにしているのよ。そして、信号を増幅《ぞうふく》して、コンピュータに通すわけ」

マローン博士はコーヒーを渡《わた》した。ミルクも砂糖もなかったが、ひきだしのひとつにショウガ入りクッキーがいくつかあった。ライラはむさぼるように一個たべた。

「適合する粒子は見つかったのよ」マローン博士は話をつづけた。「たしかに適合しているると思うわ。でも、すごく奇妙なの……わたし、どうしてあなたにこんな話をしてるのかしら？　話すべきじゃないのに。まだ発表もしてないし、論文審査も受けていないし、なにも書いていないのよ。きょうの午後は、ちょっとどうかしているんだわ。それで……」

マローン博士は、永遠にやめないのではないかと思われるほど長いあいだあくびをした。

「……その粒子は、まったく奇妙なものなの。わたしたちはそれを影《シャドー》粒子と呼んでいるわ、シャドーって。いまさっき、わたしがどうしていすからころげ落ちそうになったかわかる？　あなたが博物館の頭蓋骨の話をしたときに。わたしたちのチームのひとりに、ちょっとしたアマチュア考古学者がいるのよ。その人が、ある日、信じられないようなことを発見したの。無視したくてもできなかったわ。シャドーに関するすべてのことのうちで、もっともとほうもないことに適合していたから。なんだかわかる？　シャドーには意識があるの。ええ、そう。シャドーは、意識をもった粒子なの。そんなばかな話、聞いたことある？　助成金がもうおりなくなっても、むりないところよ」

マローン博士はコーヒーをひと口のんだ。ライラは、一語一語をかみしめながら聞いていた。

「ええ、そう」マローン博士は話をつづけた。「シャドーは、わたしたちがここにいることを知ってるの。答えを返してくるのよ。おかしいのは、こういうこと。見ようと望まないかぎり、見られないの。心をある状態にしないかぎり。強い信念をもつと同時に、リラックスしなけりゃならないの。こんなふうによ――ええと、あの引用句はどこだったかしら……」

マローン博士は、つくえの書類の山に手をのばし、だれかが緑色のペンで書いた紙切れを見つけた。そして、読んだ。

「〝……事実と理由をあせって得ようとすることなく、不確かで、あいまいで、あやふやな状態でいられる〟ええ、そんな心の状態にならなくちゃだめなの。ちなみに、これは詩人のキーツのことば。このあいだ、見つけたの。だから、心がそういう適当な状態になってから、ケーブを見るのよ——」

「洞《ケーブ》くつ？」ライラはいった。

「ああ、ごめんなさい。コンピュータよ。わたしたちはケーブと呼んでいるの。洞《ケーブ》くつの壁の影《シャドー》、プラトンのことばからとったのよ。われらがアマチュア考古学者が命名したの。なんでもよく知っている人なの。でも、いまは、就職の面接でジュネーブに行っていて、帰ってくるとは一瞬でも思えないわ……なんの話をしてたんだったかしら？　そうそう、ケーブね。いったんつながれば、こっちが頭で考えると、シャドーが答えるの。それはまちがいないわ。シャドーは、こっちの考えることに鳥みたいに群がってくるの」

「頭蓋骨のことは？」

「いま話そうとしていたところよ。そのジュネーブに行っている同僚《どうりょう》のオリバー・ペインが、ある日ふざけて、ケーブでいろんなものをテストしてたの。そしたら、ひどく奇妙で、物理学者の理解をこえるようなことが起こったの。オリバーは象牙をためしてみた。ただの象牙のかたまりよ。シャドーはなかった。反応しなかったわ。でも、彫《ほ》られた象牙のチェスのこまは反応したの。大きな木切れは反応しなかったけれど、木の定規は反応したわ。木彫りの像はもっとたくさん持っていた……ええと、素粒子をよ。つまり、なんでもないような小さな細工品のかたまりが反応したわけ。そうしたものがなんなのか、シャドーにはわかったのよ。人間の技量や人間の思考に関連したものは、シャドーにかこまれていたの……

それから、オリバー、つまりペイン博士は、博物館の友人から頭蓋骨の化石をいくつか手に入れて、どれくらい昔からそういう現象が起きているのか、テストしたの。境目は、三万年か四万年前よ。その前には、シャドーはないの。そのあとは、たくさんあるわ。それはおおよそ、現代の人類がはじめてあらわれたころよ。つまり、わたしたちの遠い祖先だけど、じっさいのところ、わたしたちとちがわない人間が……」

「ダストだわ」ライラは自信ありげにいった。「それこそダストです」

「でも、いいこと、もしふざけてると思われたくないなら、資金の申請書《しんせいしょ》にそんなことは書けないのよ。意味をなさないから。存在するはずがないから。ありえないのよ。ありえなくないとしても、見当ちがいとされるわ。なんであれ、やっかいがられてしまうわ」

「ケーブを見せてください」

ライラはそういって立ちあがった。

マローン博士は髪《かみ》を手でかきあげ、疲れた目をすっきりさせようとしばたたいた。

「そうね、見せちゃいけない理由はないわ。あしたは、もうケーブがなくなってるかもしれないし。いらっしゃい」

マローン博士はライラをべつの部屋につれていった。そこはさっきの部屋より大きく、電子装置でいっぱいだった。

「あれよ。むこうにあるやつ」マローン博士は、うつろに光っている灰色の画面を指さした。「検出器はあそこ、あのコードのうしろよ。シャドーを見るためには、体を電極につながなきゃならないの。脳波を測定するようなものよ」

「やらせてください」ライラはいった。

「あなたにはどうせ見えないわ。とにかく、わたしは疲れてるし。すごく複雑なのよ」

「おねがい！　なにをやるのか、あたし、ちゃんとわかってます！」

「どうかしらね。わたしだってわかってないのに。いえ、やっぱりだめ。すごくお金のかかる、むずかしい科学実験なのよ。ぶらりとやってきて、ピンボールみたいに気楽にやってみる、というわけにはいかないんだから……だいたい、あなた、どこの子？　学校に行かなくていいの？　どうやってここまでたどりついたの？」

マローン博士は、たったいま目をさましたばかりであるかのように、目をこすった。

ライラは身をふるわせていた。ほんとのことをいうのよ。「これを使って、ここまで来たんです」ライラは真理計をとりだした。

「いったいなんなの？　羅針盤《らしんばん》？」

ライラは渡した。マローン博士はその重さがわかって、目を見ひらいた。

「まあ、金でできてるのね。いったいどこで——」

「それがすることは、ケーブがするのとおなじことじゃないかと思うんです。それをたしかめたいんです。もしあたしがなにか質問に正しく答えられたら」ライラは必死になっていった。「あなたが知っててあたしが知らないことに答えられたら、ケーブをためさせてくれますか？」

「なに、占《うらな》いでもしようというの？　どういうこと？」

「おねがい！　なにか質問して！」

マローン博士は肩《かた》をすくめた。「ええ、わかったわ。じゃあ、答えて……この仕事をはじめる前、わたしがなにをしていたか」

ライラはすぐさま真理計をうけとり、りゅうずをまわした。三つの短い針が目的の絵をさしもしないうちに、心の中で質問をはじめた。長い針が答えるためにぴくっと動いた。長い針がまわりはじめると、ライラはその動きを目で追い、じっと見つめ、判断し、いくつもの意味から真実を見つけだそうとした。

やがてライラは、目をぱちくりし、ため息をつき、一時的なトランス（催眠《さいみん》）状態からもとにもどった。

「あなたは修道女でした。思いもよらなかったけど。修道女は、死ぬまで修道院にいるものだから。でも、あなたは教会のあれこれが信じられなくなって、教会はあなたを脱会《だっかい》させたんです。あたしの世界じゃ、考えられないことです」

マローン博士は目をまるくして、いすに腰《こし》をおろした。

ライラはいった。「あたってるんでしょ？」

「ええ。それから読みとったのね……」

「真理計です。ダストによって動くんだと思います。あたしは、ダストのことをもっと知ろうと、はるばるやってきたんです。真理計があなたのところへ行くようにいったんです。暗黒物質というのは、きっとおなじものだと思います。それじゃ、ケーブをためさせてもらえますか？」

マローン博士は首をふったが、だめだという意味ではなく、もうどうしようもないということだった。手をひろげた。「けっこうよ。まるで夢でも見てるみたい。やってもいいわ」

マローン博士はいすを回転させ、いくつかのスイッチを入れた。ブーンという電気の音と、コンピュータの冷却《れいきゃく》ファンの音が聞こえた。その音を聞いて、ライラは小さくこもったあえぎ声を発した。ボルバンガーのおそろしい、あの光りきらめく部屋で聞いたのとおなじ音だったからだ。ライラとパンタライモンは、その部屋にあった銀のギロチンで、もう少しで切りはなされそうになったのだ。ライラは、パンタライモンがポケットの中でふるえているのがわかったので、安心させようとそっとつかんでやった。

けれども、マローン博士は気づいていなかった。スイッチをいじったり、象牙色《ぞうげいろ》のボードにならんだ文字を打つのにいそがしかったのだ。ほどなく、画面の色がかわり、小さな文字と数字があらわれた。

「それじゃ、すわって」マローン博士はライラにいすをあたえた。それから、小さなびんをあけた。「電気が伝わりやすいように、肌《はだ》にゲルを塗《ぬ》らなきゃならないの。すぐに洗い落とせるわ。じっとしていて」

マローン博士は、はしに平らなパッドがついている六本のコードを、ライラの頭のあちこちにくっつけた。ライラはじっとすわっていたが、呼吸ははやくなり、心臓はドキドキしていた。

「これでよし、ぜんぶつながったわ」マローン博士がいった。「この部屋はシャドーでいっぱいよ。というか、この宇宙はシャドーでいっぱいなの。だけど、見るにはこうするしかないの、心をからっぽにして画面を見つめるのよ。さあ、はじめて」

ライラは見つめた。ガラスの画面は暗くて、なにも見えなかった。自分の顔がぼんやりと映っていたが、それだけだった。ためしに、ライラは真理計を読んでいるつもりになって、自分が質問していると想像してみた。この女の人はダストについてなにを知っているの？　どんな質問をしているの？

ライラは心の中で、真理計の三つの短い針をまわした。すると、画面がちらつきはじめた。びっくりしたライラは、集中をといた。ちらつきはやんだ。マローン博士がはっとしてすわりなおした。ライラは、まゆをひそめ、身をのりだし、ふたたび集中しはじめた。

こんどは、すぐさま反応があった。オーロラのゆらめくカーテンのような、おどる光の流れが、画面にあらわれた。その光は、さまざまな形、さまざまな色のもようを描《えが》いた。もようはできたかと思うと、くずれ、またできた。弧《こ》を描き、ゆれ、飛び散り、とつぜん光の洪水《こうずい》となり、空で方向をかえようとしている鳥の群れのようにあちこちへむきをかえた。ライラは見まもっているうちに、真理計を読みはじめたときに味わったのとおなじ感覚をおぼえた。まさにわかろうとして身ぶるいするような感覚だ。

ライラはべつの質問をした。〈これはダストなの？　このもようをつくってるものと、真理計の針を動かすものは、おなじなの？〉

光がさらに弧を描き、うずを巻いた。それが答えだ。ライラは、イエスという意味だと判断した。そのとき、べつのことを思いついた。ライラは、話をしようとマローン博士のほうをむいた。マローン博士は頭をかかえ、口をぽかんとあけていた。

「どうしたの？」ライラはいった。

画面から光が消えていった。マローン博士は目をぱちくりさせた。

「どうしたんですか？」ライラはまたいった。

「ええと——こんなにすごい画像を見たのははじめて、ということ、それだけよ」マローン博士はいった。「なにをしてたの？　なにを考えてたの？」

「もっとはっきり見られるんじゃないか、と考えてたんです」ライラはいった。

「もっとはっきり？　こんなに鮮明な画像ははじめてよ！」

「でも、これはどういう意味なんです？　読めるんですか？」

「メッセージを読むというふうには読めないわ、そんな働きをするんじゃないの。なにが起こっているかというと、シャドーが、あなたのはらう注意に反応しているのよ。それだけでもう充分《じゅうぶん》革命的なこと。シャドーは、わたしたちの意識に反応しているわけなんだから」

「そうじゃなくて」ライラは説明した。「わたしがいいたいのは、あの色と形のことです。シャドーというのは、ほかのこともできます。こっちの望みどおりの形になれます。こっちが望めば、絵にもなれます。見て」

ライラはむきなおり、また精神を集中したが、こんどは、画面を真理計だと思って、画面のまわりに全部で三十六個の絵があると想像してみた。いまではもう絵をよく知っているので、指をひざの上で自動的に動かして、想像上の三つの短い針をそれぞれ、ろうそく（理解を意味する）、アルファ／オメガ（ことば）、アリ（勤勉）の位置に合わせ、質問した。

〈シャドーのことばを理解するために、人間はなにをしなければならないの？〉

画面は、自分で考えているみたいにすぐに反応した。光と線のうねりから、一連の絵がはっきりと生じた。羅針儀《らしんぎ》、アルファ／オメガ、稲妻《いなずま》、天使。どの絵もそれぞれちがう回数光り、やがて、べつの三つのものがあらわれた。ラクダ、庭、月。

ライラには、その意味がはっきりわかった。説明するために、精神の集中をといた。マローン博士のほうをむいてみると、こんどは、青ざめた顔をしていすに深くすわり、テーブルのふちをぎゅっとつかんでいた。

「それがいうには」ライラは話した。「それはあたしのことばで話しているんです、絵ということばで。真理計とおなじように。でも、それがいうには、ふつうのことば、単語も使えるそうです、もしそのように調節すれば。それが画面にことばをならべられるように調節すれば。でも、数のあつかいは慎重《しんちょう》にしなくちゃいけない――あの羅針儀は、そういう意味だったんです。そして、稲妻はアンバリック、つまり電力《エレクトリック・パワー》をもっと強くという意味。天使は――メッセージということ。いろいろいいたいことがあるんです。だけど、二番めにあらわれた絵のグループは……あれはアジアという意味でした、極東に近いけど、かならずしも極東じゃありません。どの国かは、わからない――中国、かも。とにかく、その国には、ダスト、つまりシャドーと話す方法があるんです。あなたがここの装置を使ってするみたいに、あたしが――絵を使ってするみたいに。ただ、その国では、棒のようなものを使います。ドアのあの絵のことだと思うんだけど、ちゃんとわからなかったんです。はじめて見たとき、あの絵には重要な意味があると思ったんです、ただ、なにかわからなくて。とにかく、シャドーと話す方法はたくさんあるにちがいありません」

マローン博士は息もつけなかった。

「あの易経は……ええ、中国のものよ。易断──占いの一種よ、ほんとのところ。そして、ええ、棒を使うの。あそこにあるのは、ただの飾《かざ》りよ」マローン博士は、自分が信じられないことをライラにわからせようとするかのような口調でいった。「易で占うとき、人はシャドー粒子と接触《せっしょく》しているというわけ？　暗黒物質と？」

「ええ」ライラはいった。「いまいったように、方法はたくさんあるんです。いままで知らなかったけど。ひとつしか方法がないと思ってたんです」

「画面のあの絵は……」

ライラは、心のすみにちらっと考えがうかぶのを感じ、画面にむきなおった。質問をはじめるかはじめないうちに、さらに多くの絵があらわれた。次から次へとあらわれたので、マローン博士はほとんど目で追えないほどだったが、ライラはなにをいっているのかわかったので、またマローン博士のほうをむいた。

「あなたも重要だといっています」ライラはその科学者にいった。「あなたは、なにか重要なことをやらなきゃなりません。なにかはわからないけど、ほんとうでなければ、そうはいわないはずです。だから、機械がことばを使えるようにして、なんなのかきいてみてください。ことばが使えれば、なにをいってるのかわかります」

マローン博士は無言だった。やがて、いった。

「わかったわ。あなた、どこから来たの？」

ライラは口をゆがめた。このマローン博士は、いままで疲労《ひろう》と絶望のせいでこんなふうに応対していたが、ふつうなら、どこからともなくあらわれた見も知らない子どもに自分の仕事を見せるはずがない。後悔《こうかい》しはじめているのだろう。それでも、ほんとうのことをいわなきゃならない。

「別世界から来たんです。うそじゃありません。この世界まで通りぬけてきたんです。あたし……逃《に》げなきゃならなかったんです、あたしの世界の人間に追われて、殺されそうだったから。真理計は……そこから持ってきたんです。ジョーダン学寮《がくりょう》の学寮長がくれたんです。あたしのオックスフォードには、ジョーダン学寮というのがあるけど、ここにはないみたい。あたし、さがしてみたんです。真理計の読み方は、自分でおぼえました。心をからっぽにするんです、それで、なにを意味しているか、ただ見るんです。あなたがいったのとおなじです……あやふやであいまいな状態がどうとかいう。だから、ケーブを見たとき、おなじことをしたら、おなじように反応して。だから、あたしのダストとあなたのシャドーはおなじものです。それで……」

マローン博士はいまやすっかり目をさましていた。ライラは真理計を手にとると、母親が子どもをまもるようにビロードの布でつつんでから、リュックサックにしまった。

「それで、とにかく」ライラはいった。「もしそうしたいなら、このスクリーン上でことばで話すようにできます。そうすれば、あたしが真理計と話すように、シャドーと話せます。だけど、あたしが知りたいのは、あたしの世界の人たちがどうしてそれをきらうのか、ということ。ダスト、つまり、シャドーを。暗黒物質を。破壊《はかい》したがってます。邪悪《じゃあく》なものだと思ってます。でも、あたしには、あの人たちのしてることのほうこそ邪悪に思えるんです。あたし、あの人たちのしてることを見たんです。なんなの、シャドーって？　いいもの、それとも悪いもの、なんなのかしら？」

マローン博士は顔をこすった。ほおが赤くなった。

「とまどうばかりよ……科学の研究室で善悪を語るのが、どんなにおかしなことか、わかる？　少しはわかる？　わたしが科学者になったのは、そういうことを考えなくてすむからだったのよ」

「考えなきゃだめです」ライラはきびしい口調でいった。「シャドーにせよ、ダストにせよ、なんにせよ、善悪とか、そういうことを考えなきゃ調べられないわ。そうしなきゃいけないって、それがいったんですから。拒《こば》めません。ここはいつ閉鎖されるんですか?」

「研究資金委員会が週末に決定するの……どうして?」

「それなら、今夜はやれますね。あなたは、この機械の画面に、あたしみたいな絵じゃなくて、ことばが出るようにできます。かんたんにできるの。そうして、資金委員会の人に見せれば、研究をつづけるお金をくれるはずでしょ。そしたら、あなたはダスト、つまりシャドーのことがなにもかもわかって、あたしに教えられます。いいですか」ライラは、意に満たない家政婦をさとす公爵《こうしやく》夫人みたいに、少し偉《えら》そうに話をつづけた。「真理計は、あたしが知る必要があることをかならずしも教えてくれるわけじゃないんです。だけど、あなたなら、あたしにかわって調べられます。でなければ、あたしが棒を使って、中国の占いをやってもいいけど。それなら、絵のほうがかんたん。とにかく、そう思うわ。これはもうはずします」ライラは頭の電極をひっぱった。

マローン博士は、ゲルをふくようにとティッシュを渡《わた》し、コードをかたづけた。

「もう行くの? 奇妙《きみよう》な話だったわ、まったく」

「シャドーにことばで話させますか?」ライラはリュックサックをつかんだ。

「まあ、研究資金の申請書《しんせいしょ》を書きあげるのには役に立つでしょうね」マローン博士はいった。「いえ、聞いて。あした、また来て。来られる？　おなじ時間に？　ほかの人にも見せてほしいの」

ライラは考えをめぐらせた。わなか？

「ええ、いいですよ。だけど、忘れないでね、あたしには知らなくちゃならないことがいろいろあるんです」

「ええ。もちろん。来るわね？」

「ええ。あたし、来るといったら、絶対来ます。きっとあなたに力をかせるわ」

ライラは部屋から出た。受付の守衛は、ちらっと目をあげたが、すぐにまた新聞を読みはじめた。

「ヌニアタクの発掘《はっくつ》ね」考古学者は、いすを回転させながらいった。「そのことを質問したのは、このひと月できみがふたりめだよ」

「もうひとりはだれです？」ウィルはすぐに警戒《けいかい》して、いった。

「ジャーナリストだったと思うよ、たしかじゃないが」

「その人はどうしてそれを知りたがったんですか？」

「あの旅で失踪《しっそう》した者のひとりに関することだよ。あの探検隊がゆくえ不明になった当時は、冷戦のまっ最中でね。スター・ウォーズ（戦略防衛構想）のころさ。きみはまだ小さいから、おぼえてないだろうな。アメリカとロシアが、北極じゅうに巨大《きょだい》なレーダー基地をつくってたんだ……それはともかく、なんの用かな？」

「ええと」ウィルは落ちつきを保とうとした。「ぼくは、あの探検のことを調べたかっただけです。有史以前の人間に関する学校の研究課題のために。それで、ゆくえ不明になった探検隊のことを読んで、興味をもったんです」

「まあ、きみだけじゃないよ。当時は、大さわぎだった。わたしは、そのジャーナリストのためにすっかり調べたんだ。あれは予備的な調査で、正式の発掘じゃなかった。それが時間をかけるに値《あたい》するとわかるまでは、発掘はできないのさ。だから、そのグループはいくつもの場所を見て報告するために出かけたんだ。数人でいっしょにね。こうした探検は、費用の負担《ふたん》を軽くするために、ほかの学問分野の者、たとえば地質学者やなんかと合同でおこなうことがある。あっちはあっちのものを見て、こっちはこっちのものを見るわけだ。このケースでは、チームに物理学者が加わっていた。その物理学者は、高レベルの大気中の粒子を調べていたんじゃないかと思う。オーロラ、またの名を北極光さ。物理学者はどうやら、無線送信機のついた気球を持っていたようだ。

チームには、べつの男も加わっていた。元海兵隊員で、まあ、プロの探検家のような者だ。探検隊はかなり未開の地まで進んでいたし、北極ではつねにシロクマが出る危険があるからね。考古学者にはうまくやれることもあるが、射撃《しゃげき》の訓練はうけていない。射撃ができる人間、位置をたしかめてコースを決め、キャンプをはり、サバイバルのためにあらゆることができる人間が、とても役に立つのさ。

しかし、全員失踪した。地元の調査基地とずっと無線連絡を保っていたんだが、ある日、信号がとだえ、以後消息がなかった。猛吹雪《もうふぶき》におそわれていたが、それはめずらしいことじゃない。捜索隊《そうさくたい》は最後のキャンプ地を見つけた。食料はクマに食われていたが、テントはほとんどそのまま残っていた。ただし、人の使っている形跡《けいせき》はまったくなかった。

わたしが教えられるのはそれだけだよ、残念ながら」

「はい」ウィルはいった。「ありがとう。ええと……そのジャーナリストですけど」ドアのそばで立ちどまり、話をつづけた。「探検隊の中のひとりに興味をもっていたといいましたよね？　だれだったんです？」

「探検家タイプさ。パリーという男だよ」

「どんな人でしたか？　その、ジャーナリストですけど？」

「なんでそんなことを知りたいんだい？」

「なぜっていうと……」ウィルは、もっともらしい理由を思いつかなかった。きくんじゃなかった。「理由はありません。ちょっと好奇心《こうきしん》をおこしただけで」

「わたしの記憶《きおく》では、ブロンドの大男だったよ。すごくうすい色の髪《かみ》をしていたな」

「わかりました、どうもありがとう」ウィルは、帰ろうと背をむけた。

　考古学者は、ウィルが部屋を出ていくのを、少し顔をしかめて無言で見つめていた。ウィルは、考古学者が電話に手をのばすのに気づくと、いそいで建物から出た。

　ウィルは、自分がふるえているのがわかった。ジャーナリストと称《しょう》していたのは、ウィルの家に来た男のひとりだ。背の高い男で、まゆ毛もまつ毛もないように見えるほど、うすい色のブロンドだった。ウィルが階段の下に落とした男じゃない。ウィルが階段の手すりをすべりおりて、そいつの体を飛びこえたとき、居間のドアのところにあらわれた男だ。

　ジャーナリストなんかじゃない。

　近くに、大きな博物館があった。ウィルは、勉強しているふりをしてクリップボードを持ったまま、中に入り、絵のかかっている展示室にすわった。ひどくふるえ、気分が悪かった。自分はだれかを殺した、自分は人殺しだ、という思いにさいなまれていたからだ。これまでは押《お》しとどめていたが、もはやおさえがきかなくなった。自分はあの男の命をうばったのだ。

ウィルは、三十分くらいじっとすわっていた。そんなにひどい三十分をすごしたのは、生まれてはじめてだった。人々がやってきては、絵を見ながら、静かな声で話し、ウィルを気にもとめず、去っていった。展示室の係員が、しばらく、背中に両手をまわしてドア口に立っていたが、やがてゆっくり歩きさった。ウィルは、自分がしたことの恐怖《きょうふ》と戦い、身じろぎもしなかった。

しだいに落ちついてきた。自分は、かあさんを守っていたんだ。あいつらは、かあさんをおどしていた。かあさんは、あんな状態になっていたのだから、しつこく苦しめられていたにちがいない。自分には、家庭を守る権利がある。とうさんは、そうしろといったはずだ。自分がそうしたのは、正しいことだからだ。あいつらに緑色の革《かわ》の文具箱を盗《ぬす》ませないためだ。とうさんを見つけるためだ。自分にはそうする権利がないのか？　ウィルは、以前やっていた子どもじみた遊びを思いだし、自分と父親が助けあって、なだれからのがれるところや、海賊《かいぞく》と戦うところを想像した。いま、それが現実になるんだ。「ぼく、とうさんを見つけるよ」ウィルは心の中でいった。「ぼくを助けて、きっと見つけるから。そしたら、いっしょにかあさんの世話をしよう。なにもかもうまくいくよ……」

なんといっても、隠《かく》れる場所はあるのだ。だれにも見つけられない安全な場所が。あの文具箱の書類（ひまがなくてまだ読んでない）も、チッタガーゼのマットレスの下で安全だ。

ウィルはようやく、博物館にいる人たちがそれまでよりも目的をもって、みんなおなじ方向に動いていることに気づきはじめた。帰ろうとしているのだ。係員があと十分で閉館だといっている。ウィルは心をひきしめ、博物館から出た。弁護士の事務所があるハイ・ストリートへ行く道を見つけ、電話では行けないといったものの、会いに行こうかと思った。あの弁護士は親切そうだったし……

けれども、通りを渡っていこうと決意すると同時に、ウィルはぴたっと足をとめた。うすい色のまゆ毛をした背の高い男が、車からおりてきたのだ。

ウィルはすぐさま、さりげなくわきをむき、宝石店のショーウインドーをのぞいた。ショーウインドーに、男があたりを見まわし、ネクタイの結びめの位置をなおし、弁護士の事務所に入っていく姿が映った。男がそこに入るなり、ウィルは心臓をドキドキさせながら、立ちさった。安全な場所など、どこにもないのだ。ウィルはふらふらと大学の図書館のほうへ行き、ライラを待った。

5　航空便の手紙

「ウィル」ライラはいった。

　静かな声だったが、ウィルはびっくりした。ライラは、ベンチのウィルのわきにすわっていたが、ウィルは気づきもしなかったのだ。

「どこから来たんだ？」

「あたし、学者を見つけたの！　マローン博士っていうの。ダストが見られる機械を持ってて、こんど、それに話させるのよ……」

「きみが来るのが見えなかったんだけど」

「見てなかったのよ」ライラはいった。「考えごとでもしてたんでしょ。見つけられてよかったわ。ねえ、人をだますのってかんたんよ。見て……」

　ふたりの制服警官がぶらぶらと近づいてきた。パトロール中の男女ひと組で、白い夏用のワイシャツを着て、無線機と警棒を持ち、疑ぐり深そうな目つきをしていた。彼ら《かれ》がベンチまで来る前に、ライラは立ちあがって話しかけた。

「博物館がどこだか、教えてくれますか？　あたしとおにいさんは、博物館で父と母に会うことになってるんですけど、道に迷っちゃったんです」

男の警官がウィルを見た。ウィルは怒《いか》りをおさえ、彼女《かのじょ》のいうとおりです、ぼくたち迷っちゃったんです、ばかでしょう、というように肩《かた》をすくめてみせた。男の警官は笑った。女の警官がいった。

「どの博物館？　アシュモリアン？」

「ええ、そこです」ライラは、女の警官が道を教えるのを、注意深く聞いているふりをした。

ウィルは立ちあがり、「ありがとうございました」というと、ライラといっしょに立ちさった。ふりかえらなかった。警官はすでに興味を失っていた。

「わかる？」ライラがいった。「あの警官があんたをさがしてるかもしれないから、あたしがはぐらかしてやったのよ。だって、妹のいる男の子はさがしてないでしょ。いまからは、あたしがいっしょにいたほうがいいわ」角をまがったとたん、ライラはさとすように話をつづけた。「あんたは、ひとりじゃ危険よ」

ウィルはなにもいわなかった。怒りで心臓がドキドキと打っていた。ふたりは、大きな鉛板ぶきの丸屋根のついた、円形の建物をめざして歩いていった。それがたっている広場には、ハチミツ色の石づくりの大学の建物がならび、教会があり、庭の高い塀《へい》の上に木々が冠《かんむり》みたいに茂《しげ》っていた。午後の日ざしが、そのすべてをかぎりなくあたたかく染め、空気は豊かで、こくのある黄金のワインさながらの色をしていた。木の葉は一枚も動かず、この小さな広場では、車の騒音《そうおん》さえもわずかだった。

ライラはようやく、ウィルのようすに気づいた。「どうしたっていうの？」

「人と話せば、注意をひくだけさ」ウィルの声はふるえていた。「じっと静かにしていれば、人はきみを見すごすんだ。ぼくは、生まれてからずっとそうしてきた。どうやればいいか、ぼくにはわかってる。きみのやり方は、ただ——よけいめだつだけだ。そんなやり方はやめるべきだ。遊び半分でやるのはやめるんだ。きみは真剣《しんけん》じゃない」

「本気でそういうの？」ライラはかっとなった。「あたしがうそのつき方やなんかを知らないっていうの？　あたしは世界一のうそつきなんですからね。だけど、あんたにはうそをついてないし、これからも絶対つかない、そう誓うわ。あんたは危険よ。もしあたしがさっきああしなかったら、あんたはつかまってた。あの警官があんたを見てたのに気づかなかったの？　見てたんですからね。あんたは注意不足よ。あたしにいわせれば、真剣じゃないのはあんたのほうだわ」

「もしぼくが真剣じゃないなら、どうしてきみを待ちながらぶらぶらしたりしてるんだ、はなれていたっていいのに？　あのもうひとつの世界に、見つからないように隠《かく》れていれば安全だっていうのに？　ぼくにはぼくでやることがあるのに、きみを助けようとここでぶらぶらしてるんだ。ぼくがふざけてるなんて、いわないでくれ」

「あんたは、こっちに来るしかなかったのよ」ライラは怒りくるった。だれもあたしにそんなふうな口をきいてはいけないんだ。あたしは貴族なんだから。ライラなんだから。「そうするしかなかったのよ。さもなきゃ、あんたのおとうさんのことがなにもわからないから。あんたは自分のためにやってるのよ、あたしのためじゃなくて」

ふたりは感情むきだしにけんかしていたが、大声は出さなかった。その広場は静かだったし、そばを人がぶらついてもいた。けれども、ライラがそういったとき、ウィルはぴたっと動かなくなった。ウィルは、そばの大学の壁《かべ》に寄りかからないではいられなかった。顔から血の気がうせていた。

「ぼくのとうさんのことでなにを知ってるんだ？」ウィルは静かにいった。

ライラはおなじ口調で答えた。「なにも知らないわ。知ってるのは、あんたがおとうさんをさがしてるってことだけ。あたしがきいたのは、それだけよ」

「だれにきいたんだ？」

「真理計《アレシオメーター》よ、もちろん」

ウィルは、ライラがいっているもののことを、しばらく思いだせなかった。思いだすと、怒りと疑いのまじった顔をした。そこでライラは、リュックサックから真理計を出した。「いいわ、見せてあげる」

ライラは、広場の中央の芝生《しばふ》をかこむ縁石《えんせき》に腰《こし》をおろすと、黄金の道具に顔を近づけ、目にもとまらぬはやさで指を動かしながら、三つの短い針をまわした。それから、手をとめると、長く細い針があちこちでとまりながらまわった。しばらくして、ライラは短い針をすばやくあたらしい位置に動かした。ウィルは注意深くあたりを見まわしたが、だれにも見られていなかった。観光客の一団が丸屋根の建物を見あげ、アイスクリーム売りがカートを押《お》しながら歩道を進んでいたが、彼らの注意はべつのところにあった。

ライラは、目をさましたばかりのように、目をぱちくりしてため息をついた。

「あんたのおかあさんは病気よ」ライラは静かにいった。「だけど、無事だわ。女の人が世話してる。あんたは手紙を持って逃《に》げた。男がいたわ、泥棒《どろぼう》だと思う、あんたはその男を殺した。あんたは父親をさがしていて――」

「わかったよ、だまれ」ウィルはいった。「もう充分《じゅうぶん》さ。きみには、そんなふうにほくの生活をのぞきこむ権利はない。二度としないでくれ。ただのスパイじゃないか」

「いつ質問をやめればいいかは、わかってるわ。真理計は、ほとんど人間とおなじなんだから。真理計が腹をたてそうなときや、あたしに教えたくないことがあるときは、なんとなくわかるの。感じるというか。だけど、あんたがきのう、どこからともなくあらわれたとき、あたしは真理計に、あんたが何者かきかなきゃならなかったのよ、さもなきゃ、危険だったかもしれないでしょ。どうしようもなかったの。そしたら、真理計がいったの……」ライラはさらに声を低くした。「あんたが人殺しだって。あたしは、それでいいって思った、あの男の子は信頼《しんらい》できる人だって。だけど、いままで、それ以上はきかなかったわ。あんたが、もうきいてほしくないっていうなら、きかないって約束する。これは、人の秘密をのぞく道具じゃないんだから。もしあたしが、人をスパイすることしかしなかったら、これは動かなくなっちゃうわ。それはよくわかってる、あたしの世界のオックスフォードをわかってるのとおなじくらい」

「そいつじゃなくて、ぼくに直接きけばよかったのさ。とうさんが生きてるか死んでるか、そいつはいったか？」

「いいえ。きかなかったから」

そのころには、ふたりともすわっていた。ウィルは、疲労《ひろう》のために両手に顔をうずめていた。

「そうだな」ウィルはようやくいった。「ぼくたち、信頼しあわなきゃならないだろうね」

「そうよ。あたしはあんたを信じるわ」

ウィルは、いかめしい顔をしてうなずいた。ウィルは疲《つか》れきっていたが、この世界では、絶対眠《ねむ》れなかった。ライラは、ふだんはそんなに洞察力《どうさつりょく》が鋭《するど》くないが、ウィルの態度を見て、こんなふうに考えた。この子はこわがってるけど、恐怖《きょうふ》を克服《こくふく》しようとしてる、イオレク・バーニソンがそうしなきゃいけないといったように、あたしが凍《こお》りついた湖のそばの魚の貯蔵小屋でそうしたみたいに。

「それに、ウィル、あたしはあんたを売ったりしないわ、だれにも。約束する」

「そうか」

「そうしたことがあるの。ある子を裏切ったのよ。あたしが生まれてからやった、最低のことだったわ。その男の子の命を救ってるつもりだったんだけど、いちばん危険な場所につれていっちゃったの。そんなばかなまねをするなんて、まったく自分がいやになったわ。だから、よく注意するし、あんたを忘れて裏切ったりしない」

ウィルはなにもいわなかった。目をこすって、まばたきし、眠けをはらおうとした。「あの窓は、かなり遅《おそ》くなるまで通りぬけられないよ」ウィルがいった。「やっぱり、昼間通りぬけるべきじゃなかった。人に見られる危険はおかせない。何時間か、ぶらぶらしてなきゃならないよ……」

「あたし、腹ぺこよ」ライラはいった。

「よし！　映画を見に行こう！」

「なんですって？」

「案内するよ。映画館なら、なにかたべられるしね」

歩いて十分ほどのところ、街の中心近くに、一軒《けん》の映画館があった。ウィルがふたり分の入場料を払《はら》い、ホット・ドッグとポップコーンとコークを買った。食べものを持って中に入り、すわると同時に、映画がはじまった。

ライラはすっかり魅了《みりょう》された。スライド写真は見たことがあるが、ライラの世界には、映画などなかった。ライラはホット・ドッグとポップコーンをむさぼりくい、コカコーラをゴクゴクのみ、スクリーンの登場人物を見て、はっと息をのんだり大よろこびで笑った。幸運にも、観客は子どもばかりでやかましく、ライラのはしゃぎぶりはめだたなかった。ウィルはすぐに目をとじ、眠ってしまった。

座席がガタガタ鳴って観客が出ていく音がしたとき、ウィルは目をさまし、ライトの光の中で目をぱちくりした。腕時計《うでどけい》を見ると、八時十五分すぎだった。ライラはしぶしぶ映画館をあとにした。

「あんなおもしろいものを見たのは、生まれてはじめてよ」ライラはいった。「なんであたしの世界では発明されなかったのかしら。あんたの世界よりもいいものもあるけど、あれはあたしたちの世界のどんなものよりおもしろかったわ」

ウィルは、どんな映画だったか、思いだすことすらできなかった。外はまだ明るくて、通りはにぎやかだった。

「もう一本見るかい？」

「見るわ！」

ふたりは、角をまがって数百メートルのところにある次の映画館へ行って、また映画を見た。ライラは、座席に足をのせてすわり、ひざをかかえていた。ウィルは、なにも考えずにぼんやりしていた。映画館から出たときには、十一時近くになっていた。状況《じょうきょう》はずっとよくなっていた。

ライラがまたおなかがへったので、ふたりは屋台でハンバーガーを買って、歩きながらたべた。これも、ライラにははじめてのことだった。

「あたしたちは、かならずすわってたべるわ。たべながら歩く人なんて、見たことない」ライラはいった。「この世界には、ちがうことがいくつもあるわ。たとえば、車。あれはきらいよ。でも、映画と、ハンバーガーは好き。すっごく好き。それに、あの学者のマローン博士も。彼女、あの機械にことばを使わせるつもりよ。絶対そうするわ。あたし、あしたまたあそこへ行って、うまくいくか、たしかめるの。きっと彼女に力をかせる。たぶん、必要なお金を学者たちに出させることもできる。あたしのおとうさんがどうやったか知ってる？　アスリエル卿《きょう》が？　学者たちにひと芝居うったの……」

バンベリー・ロードを歩きながら、ライラは、その夜のことを話した。アスリエル卿がジョーダン学寮《がくりょう》の学者たちに、真空容器に入れたスタニスラウス・グラマンの生首を見せるのを、衣装《いしょう》だんすの中から見たことを。ウィルが聞きじょうずだったので、ライラは、ほかのこともどんどん話していった。コールター夫人の高級アパートから逃げたときのことから、スバールバルの凍りついた崖《がけ》でロジャーを死なせてしまったと知った、おそろしい瞬間《しゅんかん》のことまで。ウィルは、なにも口をはさまず、同情するようにじっと耳をかたむけていた。気球による旅、よろいをつけたクマと魔女《まじょ》、執念《しゅうねん》深い教会組織などの話は、ウィル自身が美しい海べの街にいだく幻想――人けがなく、静かで安全――と大差ないように思われた。ほんとうのはずがない、できすぎてる。

けれども、やがてふたりは、オックスフォードの環状道路《かんじょう》に、そしてあのシデの並木に達した。車はもうあまり通っていなかった。せいぜい、一分ごとに一台かそこらだった。そして、あの窓があった。ウィルは、自分が笑うのがわかった。うまくいくだろう。

「車が来なくなるまで、待つんだ」ウィルはいった。「いまだ、行くぞ」

一瞬ののち、ウィルはヤシの木の下の芝生にいた。すぐにライラもあとを追った。

ふたりは、うちに帰ったような感覚をおぼえた。広々としたあたたかな夜、花と海の香《かお》り、静寂《せいじゃく》が、心なごませる水のようにふたりに降りそそいだ。

ライラはのびをし、あくびをした。ウィルは、肩から大きな荷がおりるのがわかった。一日じゅうそれを背負っていたのだ。もう少しで押しつぶされそうだったことに、ウィルは気づいていなかった。でも、いまは、身軽で自由で心やすらかだった。

と、そのとき、ライラがウィルの腕をつかんだ。同時に、ウィルは、ライラにそうさせた音を聞いた。

カフェのむこうの小さな道のどこかで、なにかがかな切り声をあげていた。

ウィルはすぐに、音のしたほうへむかった。ライラは、月光のさしていない狭《せま》い路地をつき進んでいくウィルのあとについていった。何回か道をまがったあと、ふたりは、その朝見た、石づくりの塔《とう》の前の広場に出た。

二十人ほどの子どもが、塔にむかって半円をつくっていた。手に棒を持っている子もいれば、塔の壁に追いつめたものをねらって石を投げている子もいた。ライラははじめ、だれかべつの子がやられているのかと思ったが、半円の中から聞こえてくるのは、人間のものとは思えない、ぞっとするようなかん高い叫《さけ》び声だった。子どもたちも、かな切り声をあげていた。恐怖と憎悪《ぞうお》のいりまじった声だった。

ウィルは子どもたちのところまで走っていき、ひとりをうしろにひっぱった。ウィルとおない年くらいの男の子で、ストライプのTシャツを着ていた。ふりかえったその子の目は、白目がちで大きく見ひらかれていた。それから、なにが起こっているのか気づいたほかの子たちも、手をとめてライラとウィルを見た。アンジェリカとその弟も、手に石を持ってそこにいた。その子たちの目がすべて、月光をうけてギラッと光った。

子どもたちはだまりこんだ。かん高い叫び声だけがつづいていた。そのとき、ウィルとライラは、それがなにか知った。しまネコだ。塔の壁を背にしてちぢこまり、耳は裂《さ》け、しっぽはまがっていた。ウィルがサンダーランド通りで見たネコだ。モクシーに似たネコ、ウィルをあの窓まで導いてくれたネコだ。

ウィルはそのめすネコを見るなり、わきに押しのけていた男の子を投げとばした。倒《たお》れた男の子は、すぐに立ちあがっていきりたったが、ほかの子たちにおさえられた。ウィルはすでにネコのわきにひざをついていた。

すると、ネコはウィルの腕に飛びこんだ。ネコが胸に逃げこんでくると、ウィルはゆすってあやしながら立ちあがり、子どもたちのほうをむいた。ライラは、ウィルのダイモンがとうとう姿を見せたのではないかと、一瞬思った。

「どうしてこのネコをいじめてるんだ？」ウィルはきいた。だれも答えなかった。子どもたちは、ハアハア息をし、棒や石を持ったまま、ウィルの怒りをまのあたりにしてふるえながらつっ立っていた。だれも口をきけなかった。

でも、やがて、アンジェリカがはっきりいった。「あんたたち、ここの子じゃないわ！　チガーゼの子じゃない！　スペクターのことを知らなかったし、ネコのことも知らない。あたしたちとはちがうのよ！」

ウィルが投げ倒したストライプのTシャツの男の子が、戦おうと身ぶるいした。ウィルの腕にネコがいなかったら、ウィルに飛びかかって、げんこつと歯と足で攻撃《こうげき》しただろう。ウィルはよろこんで反撃しただろう。ふたりのあいだには、暴力だけが生みだす憎悪の電流が走っていた。けれども、男の子はネコをこわがっていた。

「どっから来たんだ?」男の子が、ばかにしたようにいった。

「そんなこと、どうだっていいだろ。きみたちがこのネコをこわがってるなら、ぼくがつれていくよ。きみたちには不吉《ふきつ》なものだとしても、ぼくたちには幸運を招くものなんだ。さあ、どいてくれ」

一瞬ウィルは、相手の憎悪が恐怖にうち勝つのではないかと思った。ネコをおろして戦う覚悟《かくご》をきめたが、そのとき、子どもたちのうしろから、低くとどろくようなうなり声が聞こえた。子どもたちがふりかえってみると、ライラが大きなヒョウの肩に手をあてて立っていて、ヒョウは白い牙《きば》を光らせながらうなっていた。パンタライモンを知っているウィルでさえ、ぎょっとした。子どもたちに対する効果は、劇的だった。すぐさま逃げだしたのだ。数秒後には、広場にはだれもいなくなった。

ライラは、立ちさる前に、塔を見あげた。パンタライモンのうなり声にうながされたのだ。てっぺんに、人影《ひとかげ》がちらっと見えた。胸壁のふちごしに見おろしていた。子どもではなく、巻き毛の若者だった。

三十分後、ウィルとライラはカフェの上の部屋にいた。ウィルは缶入《かんい》りのコンデンス・ミルクを見つけた。ネコはむさぼるようになめつくしてから、傷口をなめはじめた。パンタライモンは、好奇心《こうきしん》からネコの姿になった。はじめ、ネコは警戒して毛を逆立てたが、すぐに、パンタライモンが本物のネコではなく、おそろしいものでもないことに気づき、無視しはじめた。

ライラは、ウィルがこのネコの世話をするのを、興味深く見まもった。ライラの世界では、身近にいた動物は(よろいグマをのぞけば)働く動物だけだ。ネコは、ジョーダン学寮のネズミを退治するだけのもので、ペットにはならない。

「しっぽの骨が折れてるみたいだ」ウィルがいった。「どうすればいいか、わからない。たぶん、自然になおるだろう。耳にはハチミツをぬるよ。どっかで読んだことがあるんだ。殺菌《さっきん》作用があるって……」

ネコはベトベトになってしまったが、そうすることでとにかく、たえずハチミツをなめとりつづけ、傷口はだんだんきれいになってきた。

「これがあんたの見たネコだっていうのは、まちがいないの？」ライラはきいた。

「ああ。あの子たちがネコをあんなにこわがってたってことは、この世界にはネコがいないってことだ。たぶん、このネコは帰り道が見つけられなかったんだ」

「あの子たち、頭が変だったわ。このネコを殺すところだった。あんなまねをする子どもを見たの、はじめてよ」

「ぼくは見たことある」

そういったウィルは、人を寄せつけないようなかたい表情になっていた。そのことは話したくないのだ。ライラは、きくほどばかじゃなかった。真理計にもきくつもりはなかった。

ライラは疲れきっていたので、ほどなくベッドへ行き、すぐに眠ってしまった。

少しして、ネコがまるくなって眠ってしまうと、ウィルはコーヒーと緑色の革《かわ》の文具箱を持って、バルコニーにすわった。字を読めるだけの光は、窓からさしこんでいたので、文具箱の中のものを読もうと思ったのだ。

数は多くなかった。思ったとおり手紙で、航空書簡に黒いインクで書かれていた。しるされている文字は、まさしくウィルがどうしても見つけたい男の手で書かれたものだ。ウィルは文字に何度も指を走らせ、顔に押しあて、父の魂《たましい》にふれようとした。

それから、読みはじめた。

アラスカ州フェアバンクス

一九八五年六月十九日水曜日

愛する妻へ――例によって、うまくいっていることとだめなことが、混在している――用意万端《ばんたん》ととのっているが、ネルソンという天才的うすのろの物理学者が、やつの気球を山に運ぶ手はずをととのえていなくてね――やつがてまどっているあいだ、われわれはぶらぶらしているしかない。しかし、おかげで、この前知りあった老人、ジェイク・ペーターセンという金鉱夫と話す機会をもてた。安酒場まで彼《かれ》のあとをつけていってね、テレビの野球中継《ちゆうけい》を聞きながら、あのふしぎなもののことをきいたんだ。彼はそこでは話さなかった――わたしを彼のアパートへ招いたんだ。ジャック・ダニエルの力をかりて、彼は長いあいだ話した――彼は、自分でそれを見たわけじゃないが、見たことのあるエスキモーと出会ってね、その男から聞いたところでは、それは、霊的《れいてき》世界への入口だそうだ。エスキモーは何世紀も前から知っていたんだ――まじない師の入会儀式《イニシエーション》には、それを通りぬけてある種の戦利品を持ち帰ることもふくまれていたそうだ――もどってこなかった者もいたが。しかし、ジェイクじいさんは、その場所の地図を持っていた。それがどこにあるか、エスキモーの友人が教えてくれたのを、地図にしるしておいたのさ（万が一にそなえて、書いておく。北緯《ほくい》六九度〇二分一一秒、西経一五七度一二分一九秒、コルビル川の一・五キロないし三キロほど北、ルックアウト・リッジの支脈だ)。それと、われわれはほかの北極の伝説も知った——六十年ものあいだ無人でただよいつづけているノルウェーの船やなんかの話を。考古学者のチームはまともだ。はやく仕事にとりかかりたがっているし、ネルソンとやつの気球に対するいらだちをよくおさえている。いまのところ、あのふしぎなもののことを知った者はいない。わたしは秘密のままにしておくつもりだよ。きみたちふたりにありったけの愛をこめて。ジョニー。

アラスカ州ウミアト
一九八五年六月二十二日土曜日

愛する妻へ——やつを天才的うすのろと呼ぶのは、もうやめた——あの物理学者のネルソンは、ぜんぜんうすのろじゃない。もしわたしがまちがってないなら、やつもあのふしぎなものをさがしている。フェアバンクスで足どめをくったのは、やつが仕組んだことだったのさ、信じられるかい?　チームのほかの者が、輸送手段がないというような、どうにもならない理由以外では待とうとしないことがわかっていて、やつは自分で運搬具をキャンセルしたんだ。わたしはたまたまこれを知って、なにをふざけたまねをしてるんだと文句をいおうと思っていたちょうどそのとき、やつが無線でだれかと話しているのを聞いたんだ——あのふしぎなものの話をしていたのさ、ただ、場所は知らなかった。あとで、わたしはやつに一杯《ぱい》おごって、こっちは北極通《つう》なんだとハッタリをかけ、この宇宙にはまだまだ未知のものがあるといった話をした。科学には限界があるといって、やつをやりこめるふりをしたんだ——ビッグフットは説明がつかんでしょう、とか——やつをよく観察しながらね。それから、あのふしぎなものの話をいきなりもちだした——精神界、霊界への入口だというエスキモーの伝説——ルックアウト・リッジのそばのどこかにあるということ、信じられるかい、そここそわれわれがめざしている場所なんだよ。やつはぎょっとして身をこわばらせた。わたしがなにをいっているのか、正確にわかったのさ。わたしは気づかないふりをして、呪術《じゅじゅつ》の話にうつり、ザイールのヒョウのことを話した。やつがわたしを、軍人あがりの迷信《めいしん》深いあほうとみなしてくれたように願うよ。とにかく、思ったとおりだ、エレイン、やつもおなじものをさがしている。問題は、やつに話すか話さないか、だ。やつがなにをたくらんでいるのか、さぐりだささきゃならない。ふたりにありったけの愛をこめて――ジョニー。

アラスカ州コルビル・バー
一九八五年六月二十四日

愛する妻へ――これでもう、しばらく手紙を出す機会はないだろう――これからブルックス・レンジという丘陵《きゆうりよう》地帯に行くんだが、ここが最後の町だ。考古学者たちが、すごくそこにのぼりたがっていてね。ひとりの男は、想像を絶するような、はるか初期の集落の証拠《しようこ》が見つかると確信している。どれくらい初期なのか、どうしてそう確信できるのか、わたしはきいてみた。すると彼は、以前の発掘《はつくつ》で発見したイッカクの牙の彫《ほ》りもののことを話してくれた。放射性炭素年代測定法によれば、信じがたいほど古い時代のもので、以前考えられていた年代の範囲《はんい》をはるかにこえていたそうだ、じっさいのところ、奇妙《きみよう》といえるほどにね。その彫りものが、どこか別世界から、わたしのさがしているふしぎなものを通って伝わったのだとしても、おかしくないだろ？　ふしぎなものといえば、物理学者のネルソンとは、いまじゃすっかり親しくなった――わたしをからかったりするんだよ、やつが知ってるのをわたしが知ってることはわかっているとほのめかしたりしてね。こっちは無骨なパリー少佐のふりをしている。危機にはびくともしないが、脳ミソはほとんどない、といった調子で。だが、やつがあれをさがし求めていることはたしかだ。まず第一に、やつは純然たる学者だが、やつの資金は国防省から出ている——わたしは、国防省が使う会計コードを知っているんだ。第二に、やつの気象観測気球とやらは、観測気球なんかじゃない。わたしは木箱のなかをのぞいたのさ——わたしの目がたしかなら、あれは耐《たい》放射能服だ。おかしなことだよ、まったく。わたしはわたしで、自分の計画を実行する。考古学者たちを目的地につれていったら、こっちは二、三日、ひとりで、問題のふしぎなものをさがす。もしルックアウト・リッジでネルソンがさまよっているのに出くわしたら、まあ、なりゆきにまかせるよ。

あとで——ちょっとばかし運にめぐまれた。ジェイク・ペーターセンの知りあいのエスキモー、マット・キガリクに会ったのさ。そのエスキモーがどこにいるか、ジェイクが教えてくれたんだが、まさかほんとにそこにいるとは思わなかった。そのエスキモーの話では、ソビエトもかつて、そのふしぎなものをさがしていたそうだ。彼は今年のはじめ、山脈の高地で、ある男を見つけ、二、三日、姿を見られないようにしてそいつを見はった。いったいなにをしているのか、知りたかったからだ。思ったとおり、そいつはロシア人で、スパイだった。マット・キガリクは、それ以上話さなかった。どうも殺してしまったようだがね。しかし、問題のものの話はしてくれた。それは空中の裂けめのようなもの、一種の窓なんだ。そこから、べつの世界が見えるのさ。でも、見つけるのはかんたんじゃない。別世界のその部分は、こっちの世界とまったくおなじように見えるからだ——岩やコケやそのほかね。立ちあがったクマみたいな形をした背の高い岩の西、五十歩ほどのところにクリークが流れていて、その北側にある。ジェイクが教えてくれた位置は、少しちがっていた——北緯六九度〇二分一一秒より、一二秒に近い。

わたしの幸運を願ってくれ。霊界から戦利品を持って帰るよ。いつまでもきみを愛す——わたしのかわりに、坊《ぼう》やにキスしてくれ——ジョニー。

気がつくと、ウィルの頭はがんがんしていた。

とうさんがいってるのは、自分がシデの木の下で見つけたやつとおなじものだ。とうさんも窓を見つけたんだ——おなじことばを使ってさえいる！　なら、自分は正しい方向にむかってるんだ。そして、あの男たちが知りたかったのは、まさにこのことなんだ……なら、すごく危険でもある。

その手紙が書かれたのは、ウィルが一歳《さい》のときだ。スーパーマーケットで、あの朝、母がひどく危険な状態にあり、自分が守ってやらなくてはならないと知ったのは、その六年後だ。それから、月日がたつにつれ、危険は母の心の中にあるのだとしだいにわかってきて、いっそう自分が守ってやらなくてはならないと思ったのだ。

それから、残酷《ざんこく》にも、危険はけっきょくすべてが母の心の中にあったわけではないことがわかった。じっさいに、母を追っている者がいたのだ。この手紙、この情報を求めている者が。

それがどういう意味なのか、ウィルにはわからなかった。けれども、これほど重要なことを父と共有していることで、とてもうれしく思った。ジョン・パリーとその息子《むすこ》ウィルはそれぞれ、べつべつに、このおどろくべきものを発見したのだ。会ったら、そのことを話せるだろう。父は、ウィルが父の志をついだことを誇《ほこ》りに思うだろう。

夜は静かで、海はじっと動かなかった。ウィルは手紙を折りたたんでしまうと、眠《ねむ》りについた。

6　光をうけて飛ぶもの

「グラマン？」黒ひげの毛皮商人はいった。「ベルリン学士院の？　むこう見ずなやつだぜ。五年以上前に、ウラル山脈の北のはずれで会った。もう死んだと思ってたが」

リー・スコーズビーの昔なじみで、おなじテキサス男であるサム・カンシーノは、サミルスキー・ホテルの、ナフサのにおいのこもった、煙《けむり》ですすけたバーのカウンターにすわり、刺《さ》すように冷たいウオッカを一杯《ぱい》ぐいとのみほした。そして、塩づけの魚と黒パンの皿をリー・スコーズビーのほうに押《お》した。リーは、ひと口たべ、サムにもっと話すようにうながした。

「グラマンは、あのばかなヤコブレフがしかけたわなに、うっかりはまっちまったことがある」毛皮商人は話をつづけた。「脚《あし》が骨まで裂《さ》けちまってな。やつは、ふつうの薬じゃなくて、クマが使うものを使うといってゆずらなかった――ブラッドモスといってな――コケみたいなもんだが、本物のコケじゃない。とにかく、やつはそりに横たわったまま、苦痛でうなったり、部下に大声で指示を出したりした――連中は天体観測をしてたんだがな、正確に測定しないと、グラマンに激しくののしられてた。なかなか手きびしい男だったよ。ひきしまった体をして、タフでたくましく、なんにでも興味をもってた。やつがイニシエーションによってタタール族になったことは、知ってるか？」

「まさか」リー・スコーズビーは、サムのグラスにウオッカをつぎたした。リーのダイモンのヘスターは、例によって目を半分とじて耳を背中に寝《ね》かせ、カウンターの上で、リーに寄りそうようにうずくまっていた。

リー・スコーズビーは、魔女《まじょ》たちが呼び起こした風に乗って移動し、その日の午後ノバ・ゼムブラに着いた。そして、器材をしまうと、魚の缶《かん》づめ工場の近くにあるサミルスキー・ホテルへまっすぐむかったのだ。そこは、北極の多くの放浪者《ほうろうしゃ》が立ちよって情報を交換《こうかん》したり、職をさがしたり、たがいに伝言を残したりする場所だ。リー・スコーズビーはこれまでも、契約《けいやく》や乗客や順風を待ってそこで何日かすごしたことがある。

世界にさまざまな変化が起こっていたので、人々は集まってはさかんに話しあっていた。毎日毎日、新しい情報が入ってきていた――こんなにはやい時期にエニセイ川

の氷がとけた、海の一部がなくなって、海底の奇妙《きみよう》な岩石の層がむきだしになってい
る、三十メートルもの長さのイカが船上の三人の漁師につかみかかり、ひき裂いた
……

そして、霧《きり》が北から流れこみつづけていた。濃《こ》く冷たい霧で、ときおり、想像を絶するほど奇妙な光におおわれる。その中には、大きな影《かげ》がかすかに見え、なぞめいた声が聞こえる。

要するに、働くには悪いときだった。だから、サミルスキー・ホテルのバーは満員だったのだ。

「グラマンといったかい?」カウンターにすわっている男が口をはさんだ。アザラシ狩りのかっこうをした初老の男で、レミングのダイモンが、ポケットからまじめくさった顔を出していた。「やつは、たしかにタタール族になったよ。やつがあの部族にくわわったとき、おれはそこにいたんだ。やつが頭に穴をあけるのを、この目で見た。名前もかえたんだ。タタール族の名前だ。じきに思いだすよ」

「そうか、なるほど」リー・スコーズビーはいった。「まあ、一杯おごらせてくれ。わたしはその男の情報を集めてるんだ。どの部族にくわわったのかな?」

「エニセイ・パクタール族さ。セミョーノフ山脈のふもとのな。エニセイ川の支流の

近くだ。なんて支流か、名前は忘れたが、あの山からくだってくる川だよ。桟橋《さんばし》に、家くらいの大きさの岩がある」

「ああ、あそこか」リーはいった。「思いだしたよ。上空を飛んだことがある。グラマンは頭に穴をあけさせた、といったね？　どうしてなんだ？」

「シャーマン（まじない師）になったのさ」初老のアザラシ狩り猟師はいった。「あの部族はやつを受けいれる前からシャーマンと認めていたようだ。たいへんなことだよ、あの穴あけってのは。二日半もつづくんだ。火をおこすのに使うみたいな、弓きりを使ってな」

「ああ、それで、やつの仲間があんなふうにいいなりになってた理由がわかった」サム・カンシーノがいった。「見たこともないような、荒《あら》っぽいならず者の一団だったのに、おびえた子どもみたいに、やつの命令にしたがって走りまわってたのさ。やつが激しくののしるためだと思ったんだがな。もしやつがシャーマンだと思われてたなら、合点《がてん》がいく。だがな、あの男の好奇心《こうきしん》ときたら、オオカミの口みたいに強かったぜ。くらいついたらはなさんのさ。おれがあのへんの土地や、クズリやキツネの習性について知ってることを、どんなちっちゃなことも全部話させたよ。ヤコブレフのわなで大けがを負ったんで、多少は痛がってた。脚を切開したんだぜ。やつは、ブラッドモスによる治療《ちりょう》の結果を書きしるし、自分で体温をはかり、傷の形を観察し、どんなことでもメモしてた……奇妙な男だったよ。やつに求愛した魔女がひとりいたが、やつはふっちまった」

「へえー」リーはセラフィナ・ペカーラの美しさを思いだしながら、いった。

「ことわるべきじゃなかったよ」アザラシ狩り猟師はいった。「魔女が求愛したら、身から受けいれるってもんだ。そうしないと、なにか悪いことが起こったとしても、身から出たさびってことになる。どっちかを選ばなきゃならない、神の祝福か呪《のろ》いかを。どっちも選ばない、ってことはできないんだ」

「なにかわけがあったのかもしれない」リー・スコーズビーはいった。

「頭の働くやつがあえてそうしたんだから、よほどの事情があったんだろうよ」

「がんこなやつだったからな」サム・カンシーノがいった。

「べつの女を裏切るまいとしたのかもしれない」リーは推測した。「グラマンについて、ほかのことも耳にした。彼《かれ》が魔法のなにかのありかを知っているというんだ。なにかはわからないが、持っている人間を守ってくれるものだ。その話は聞いたことあるかな?」

「ああ、聞いたことある」アザラシ狩り猟師はいった。「やつは持ってなかったが、ありかは知ってた。話させようとした男がいたが、グラマンはそいつを殺しちまった」

「グラマンのダイモンだがな」サム・カンシーノがいった。「あれも奇妙だったぜ。ワシだったがな、白い頭と胸をもった黒いワシで、見たことのない種類だった。なんてワシなのか、おれにはわからなかった」

「ミサゴでしたよ」話を聞いていたバーテンが、口をはさんだ。「スタニスラウス・グラマンの話でしょ？　彼のダイモンはミサゴでした。フィッシュ・イーグルです」

「いまはどうしているのかな？」リー・スコーズビーはいった。

「スクレイリング人の戦争に巻きこまれて、ベーリンググランドまで行ったのさ。最後に聞いたのは、撃《う》たれたって話だった」アザラシ狩り猟師がいった。「即死《そくし》だったってよ」

「首をはねられたと聞いたが」リー・スコーズビーはいった。

「いいや、どっちもちがってますよ」バーテンがいった。「あたしが知ってるのは、グラマンといっしょだったイヌイット族から聞いたからでしてね。サハリンのどっかでキャンプしてて、なだれに巻きこまれたらしいです。グラマンは、百トンもの岩の下じきになったとか。そのイヌイット族は目撃《もくげき》したんです」

「わたしがわからないのは」リー・スコーズビーは全員にウオッカをふるまいながら、いった。「グラマンがなにをしていたか、ということだ。石油を求めていたんだろうか？　それとも、軍人だったんだろうか？　なにか自然科学上のことだったんだろうか？　きみはなにか観測のことをいってたが、サム。なんの観測なんだ？」

「星の光を観測してたんだ。それと、オーロラを。やつはオーロラが大好きだった。だが、いちばん興味をもってたのは、遺跡《いせき》だったんじゃないかな。古代のものさ」

「もっとくわしく話せるやつを知ってるぜ」アザラシ狩り猟師がいった。「山の上に、モスクワ大公国学士院の観測所があってな。そこの連中なら、話してくれるだろうよ。グラマンが一度ならず、そこへのぼったことはわかってるんだ」

「ところで、なんでそんなに知りたいんだ、リー？」サム・カンシーノがきいた。

「金をかしてるのさ」リー・スコーズビーは答えた。

納得《なっとく》のいく説明だったので、みんなはすぐに、せんさくするのをやめた。会話は、世間のうわさにのぼっている話題にうつった。彼らの周囲で起こっている天変地異の話だ。

「漁民たちがな」アザラシ狩り猟師がいった。「船で新しい世界へ行けるって、うわさしてるぞ」

「新しい世界があるのか？」リーはきいた。

「この霧が晴れたら、すぐにも見られるよ」アザラシ狩り猟師は自信たっぷりにいった。「そいつがはじめて起こったとき、おれはカヤックに乗ってな、たまたま北のほうを見てたんだ。あのとき見たものは、一生忘れんよ。大地が地平線のむこうへまがってくんじゃなくて、まっすぐのびてたのさ。忘れようたって忘れられるもんじゃない。陸や、海岸や、山や、港や、緑の木や、穀物畑が、えんえんと空までつづいてたんだ。いいかい、ありゃあ、五十年かかったって見るべきものだよ、そういう光景だった。おれは、カヤックをこいでどんどん空をのぼって、あの静かな海まで行こうかと思ったが、霧が出てきちまって……」

「こんなすごい霧を見たのははじめてだ」サム・カンシーノがぶつぶついった。「かれこれもうひと月、いやそれ以上、晴れない。まあ、スタニスラウス・グラマンから金を返してもらおうと思ってるなら、ついてないな、リー。もう死んでるんだから」

「そうだ！　やつのタタール族の名前がわかったぞ！」アザラシ狩り猟師がいった。「頭に穴をあけてるとき、やつがなんと呼ばれてたか思いだした。ジョパリとかいう感じだった」

「ジョパリ？　聞きなれない名前だな」リー・スコーズビーはいった。「ニッポン人の名前かもしれない。まあ、金をとり返すなら、グラマンの相続人でもさがしだせばいいだろう。あるいは、ベルリン学士院が借金を肩《かた》がわりしてくれるかもしれない。観測所にききにいくよ、住所かなにかを知ってるかもしれんからね」

観測所はかなり北にあったので、リー・スコーズビーはイヌぞりと御者《ぎよしや》をやとった。霧の中を危険をおかして旅しようという者をさがすのは、容易ではなかったが、リーには説得力があった。あるいは、彼の金には。けっきょく、オビ地方の年とったタタール人が、長い押し問答のすえ、リーをそこへつれていくことに同意した。

その御者は羅針盤《らしんばん》にたよらなかった。あってもむだだと思ったのかもしれない。ほかのさまざまなもの——たとえば、そりの前のほうにすわって鋭《するど》く方向を感知しているホッキョクギツネのダイモン——をたよりに、そりを進めた。どこへ行くにも羅針盤を携行《けいこう》するリー・スコーズビーは、地球の磁場がほかのすべてのものとおなじように乱れていることに、すでに気づいていた。

コーヒーをいれようととまったとき、年とった御者がいった。「前にもあったよ、こういうことが」

「空がひらくことか？　前にもあったのか？」

「ずっとずっと昔のことだよ。わしの部族は知ってる。はるか昔、何千年も何万年も前のことだ」

「どういうことなんだ？」

「空がぱっくりひらいて、こっちの世界とあっちの世界のあいだを霊魂《れいこん》が行き来した。あらゆる土地がうごめいた。氷がとけ、また凍《こお》った。しばらくして、霊魂が穴をふさいだ。封《ふう》じたんだ。だが、魔女の話じゃ、オーロラのむこうの空は、うすいそうだ」

「これからどうなるんだ、ウマク？」

「前とおなじことさ。またすっかりおなじになる。だが、それは大きな災《わざわ》い、大きな戦争のあとだよ。霊魂の戦争だ」

御者はそれ以上なにもいわなかった。まもなく、彼らは先へ進みつづけ、いくつもの起伏《きふく》をゆっくりこえ、青白い霧の中にぼんやりと黒く見えるむきだしの岩のそばを通りすぎた。やがて、年とった御者がいった。

「観測所はあの上だ。こっからは歩いてくれ。道が細くてまがりくねっているんで、そりじゃいけない。帰りもそりがいるなら、ここで待つよ」

「ああ、用事を片づけたら、そりで帰るよ、ウマク。火をおこして、すわって休んでてくれ。三、四時間でもどる」

リー・スコーズビーは、ヘスターをコートの胸に押しこんで、出発した。骨折って三十分のぼると、まるで巨大《きょだい》な手でたったいまおかれたように、建物の群れがとつぜん、上のほうにあらわれた。でも、それは、霧が一時的に晴れたためだった。一分後には、また消えてしまった。やがて、観測所の本館の大きな丸屋根が見えてきた。少しはなれたところに、それよりも小さい丸屋根が見えた。そのあいだに、管理棟《かんりとう》と宿舎の一群があった。明かりはまったく見えなかった。望遠鏡の効果をさまたげないように、窓は常に暗くされているのだ。

リー・スコーズビーは、到着《とうちゃく》した数分後には、天文学者たちと話をしていた。天文学者たちは、リーがどんな情報を持っているのか、はやく知りたがった。霧の中にいる天文学者ほど欲求不満をかかえている自然科学者はいない。リーは、見たことをなにもかも話した。その話がすむと、リーはスタニスラウス・グラマンのことをきいた。何週間も訪問者がいなかったので、天文学者たちはなんでも話したくてならないようだった。

「グラマン？　ああ、彼のことなら知っている」所長がいった。「そんな名前だが、英国人だった。たしか——」

「英国人じゃありませんよ」副所長がいった。「彼はドイツ帝国学士院のメンバーでした。わたしはベルリンで会ったんです。ドイツ人だったはずです」

「いや、きみにも英国人だとわかると思うよ。とにかく、あの英語は完璧《かんぺき》だったからね」所長はいった。「しかし、彼がベルリン学士院のメンバーだったことには同意する。地質学者で――」

「いえ、それはちがいます」ほかのだれかがいった。「地球を調べていましたが、地質学者じゃなかったです。一度、彼と長い時間話したことがあるんです。古考古学者といったところですよ」

五人の天文学者は、社交室、居間、食堂、バー、遊戯室《ゆうぎしつ》、そのほかほとんどなんにでも使われている部屋のテーブルをかこんですわっていた。うちふたりはモスクワ人、あとはポーランド人、ヨルバ人、スクレイリング人だった。リー・スコーズビーには、その小さな一団が訪問者を迎えるのがうれしいことがわかった。話題にちょっとした変化がもたらされるだけでいいのだ。最後に話したのは、ポーランド人だ。ヨルバ人が口をはさんだ。

「どういう意味だい、古考古学者というのは？　考古学者はそもそも、古いものを研究するもんだ。どうして考古学者の前に〝古い〟ってことばをつけたさなきゃならないんだ？」

「グラマンの研究分野は、想像をこえるような古い時代だったってこと、それだけです。彼は、二、三万年前の文明の遺物をさがしていたんです」ポーランド人は答えた。

「ナンセンスだ！」所長がいった。「まったくばかげてる！　あの男はきみをからっていたのさ。三万年前の文明だって？　ふん！　証拠《しょうこ》はどこにある？」

「氷の下ですよ」ポーランド人はいった。「それがポイントです。グラマンによれば、地球の磁場は過去のさまざまなときに劇的に変化したそうです。じっさいのところ、地軸《ちじく》も動いたとか。その結果、温暖な地域が凍結《とうけつ》したんです」

「どうやって？」ヨルバ人がいった。

「グラマンは複雑な理論をもっていました。要するに、ごく初期の文明が存在した証拠は、はるか昔に氷の下にうまってしまったんです。グラマンは、異常な岩石の層の写真を持っているといっていました」

「ふん！　それだけか？」所長はいった。

「わたしは話しているだけですよ、グラマンを弁護しているわけじゃありません」ポーランド人はいった。

「あなた方がグラマンと知りあったのは、いつごろですか？」リー・スコーズビーはきいた。

「ええと」所長がいった。「わたしがはじめて彼と会ったのは、七年前だ」

「その一年か二年前に、彼は、磁極の変動に関する論文で名をあげたんです」ヨルバ人がいった。「しかし、とつぜん頭角をあらわしたんです。つまり、学生時代の彼を知っている者はだれもいませんし、それまでの仕事もまったく知られていません……」

彼らはしばらく話しつづけた。グラマンがどうなったかに関しては、さまざまな意見が出されたが、彼らのほとんどは、おそらく死んだと考えていた。ポーランド人がコーヒーのおかわりをいれに行っているあいだに、リーの野ウサギのダイモンが、低い声でいった。

「スクレイリング人をよく見て、リー」

スクレイリング人はほとんど発言していなかった。リー・スコーズビーは、生まれつき無口なのだろうと思っていたが、ヘスターにうながされて、次に話が中断されたときに男のダイモンをちらっと見てみた。シロフクロウで、あざやかなオレンジ色の目でリーをにらみつけていた。まあ、フクロウとはそういうものだ。フクロウはじっと見る。けれども、ヘスターの判断は正しかった。そのダイモンには、男の顔に出ていない敵意と疑いがあらわれていた。

それから、リー・スコーズビーはほかのことにも気づいた。スクレイリング人は、教会のシンボルが彫《ほ》られた指輪をはめていたのだ。リーは、男の沈黙《ちんもく》の理由がわかった。リーの聞いているところでは、どんな自然科学の研究施設《しせつ》も、そのスタッフに教権の代理人をふくめなくてはならない。この代理人が、検閲官《けんえつかん》として働き、あらゆる異端《いたん》の発見が公《おおやけ》になるのをふせぐ。

これに気づき、ライラから聞いた話を思いだして、リー・スコーズビーはきいた。「ちょっといいですか、みなさん――グラマンがダストの問題を調べていたかどうか、知らんですか？」

息苦しい小さな部屋に、すぐさま沈黙がおりた。全員、直接見なかったものの、スクレイリング人に注意をむけた。ヘスターは目を半分とじて耳を背中にたれ、とぼけたままでいた。リーは、明るくそしらぬふりをしながら、全員の顔をつぎつぎに見ていった。

最後に、リー・スコーズビーはスクレイリング人に目をむけた。「すみませんが――わたしはなにか、知ってはいけないことをききましたかな？」

スクレイリング人はいった。「その話をどこで聞いたんですか、スコーズビーさん？」

「しばらく前に、気球で海のむこうへ運んだ乗客からですよ」リー・スコーズビーはすらすら答えた。「それがなにかはいってませんでしたが、話の内容から、どうやらグラマン博士が調べているもののようでした。わたしは、ある種の天体のものと受けとめました、オーロラのような。しかし、どうもわからなかったんです。気球乗りとして、わたしは空をよく知っていますが、そんなものには出くわしたことがありません。いったい、なんなんです？」

「おっしゃるとおり、天体の現象です」スクレイリング人はいった。「じっさいのところ、重要なものではありません」

ほどなく、リー・スコーズビーは、帰ることにした。それ以上きくことはなかったし、ウマクをいつまでも待たせておくわけにもいかなかった。リーは、天文学者たちを霧《きり》につつまれた観測所に残し、小道をくだりはじめた。地面をより近くに見ているダイモンのあとについて行きながら、慎重《しんちょう》に進みつづけた。

霧の中の小道をわずか十分くだったところで、なにかがリー・スコーズビーの頭をかすめ、ヘスターに飛びかかった。スクレイリング人のフクロウのダイモンだった。けれどもヘスターは、フクロウが来るのを察知し、さっと身をふせた。フクロウのかぎづめは、ねらいをはずした。ヘスターはかぎづめも鋭いし、タフで勇敢《ゆうかん》だから、戦うことができる。リー・スコーズビーは、スクレイリング人自身が近くにいるにちがいないと思い、ベルトのリボルバーに手をのばした。

「うしろよ、リー」ヘスターがいった。リー・スコーズビーがさっと身をふせながらふりむくと同時に、一本の矢が肩をヒューとかすめた。

リーはすぐさま撃った。スクレイリング人は、うめきながら倒《たお》れた。弾丸《だんがん》が脚《あし》にあたったのだ。静かに旋回《せんかい》していたフクロウのダイモンは、すぐさま、弱くぎこちない動きでスクレイリング人のわきに舞《ま》いおりると、雪の上にうずくまるようにして、翼《つばさ》をたたもうともがいた。

リー・スコーズビーは撃鉄《げきてつ》をひき、ピストルを男の頭にむけた。

「このおろか者め。なんでこんなまねをした？　空にあんなことが起こってるいま、われわれがみんなおなじ災難にみまわれていることがわからんのか？」

「もう手おくれだ」

「なにが手おくれなんだ？」

「もうとめられん。わたしはもう伝書鳥をはなったんだ。教権機関は、おまえの質問のことを知る。グラマンのことを知ってよろこぶだろうよ――」

「グラマンのなにをだ？」

「ほかの者がグラマンをさがしてるって事実さ。われわれの思っていたとおりだ。ほかの者がダストについて知っていることもわかった。おまえは教会の敵だ、リー・スコーズビー。なんじらは、その実《み》によって彼《かれ》らを見わけるであろう。なんじらは、彼らの質問によってヘビが彼らの心臓をかみ切るのを見るであろう……」

フクロウは、低くホーホーと鳴きながら、ときどき思いだしたように翼をあげたりさげたりしていた。あざやかなオレンジ色の目は、苦痛のためにぼんやりしていた。スクレイリング人のまわりの雪には、血の赤いしみがひろがっていた。濃《こ》い霧につつまれたうす闇《やみ》の中ですら、リー・スコーズビーには、その男が死にかかっていることがわかった。

「弾《たま》が動脈にあたったようだ」リーはいった。「わたしのそでから手をはなせ、止血帯をつくってやる」

「ことわる！」スクレイリング人はしゃがれ声でいった。「わたしはよろこんで死んでみせる！　殉教者《じゆんきようしや》となる！　じゃまをしないでくれ！」

「死にたいなら死ね。ただ、教えてくれ――」

けれども、リー・スコーズビーは質問を終えられなかった。もの悲しい小さなふるえとともに、フクロウのダイモンが姿を消したからだ。スクレイリング人の命は失われたのだ。リーは一度、教会の聖者が暗殺者たちにおそわれている姿を描《えが》いた絵を見たことがある。暗殺者たちが瀕死《ひんし》の聖者の体をこん棒で打っているあいだに、聖者のダイモンは、上のほうにいるケルビム（智天使）のそばに運ばれ、殉教者のしるし、シュロの枝をさずけられる、という絵だ。スクレイリング人の顔にはいま、あの絵の聖者とおなじ表情がうかんでいた。うっとりとすべてを忘れさろうとしている表情だ。

リーはうんざりしてスクレイリング人の体をおろした。

ヘスターが舌打ちをした。

「この男がメッセージを送るってことを考えておくべきだったわ。その手の指輪をとって」

「なんのために？　われわれは泥棒《どろぼう》じゃないだろ？」

「ええ、わたしたちは背教者よ。わたしたちが選択《せんたく》したんじゃなくて、この男の悪意のためにそうなったの。教会がこのことを知ったら、わたしたち、もうおしまい。それまでは、利用できるものはなんでも利用するのよ。さあ、指輪をとって、しまって。たぶん使えるわ」

リー・スコーズビーにはその意味することがわかったので、死んだ男の指から指輪をとった。うす闇の中をのぞきこむと、小道の片側が急斜面で、岩だらけの闇にむかってくだっていた。リーはスクレイリング人の死体をころがした。死体は長いこと落ちてから、なにかにぶつかった。リーは、暴力を楽しんだことはない。これまで三度そうせざるをえなかったが、人を殺すのはきらいだ。

「考えたってしかたないわ」へスターがいった。「あの男はわたしたちに選択の余地をあたえなかったし、こっちは殺すつもりで撃《う》ったんじゃない。ねえ、リー、あの男は死にたかったのよ。ああいう連中は正気じゃないわ」

「たぶんきみのいうとおりだろうな」リー・スコーズビーはピストルをしまった。

ふもとまでおりると、御者《ぎょしゃ》はイヌにひき具をつけ、いつでも出発できるように準備していた。

「ちょっと教えてもらいたいんだが、ウマク」魚の缶《かん》づめ工場のほうへむかってもどりはじめると、リーはいった。「グラマンという男のことを聞いたことがあるか？」

「ああ、あるとも」御者はいった。「グラマン博士のことなら、だれだって知ってる」

「タタール族の名前をもっていることは知ってたか？」

「タタール族じゃないよ。ジョパリだろ？　タタール族じゃない」

「どうなったんだ？　死んだのか？」

「その質問には、わからんと答えるしかないな。わしからは真実を聞けんよ」

「なるほど。では、だれにきけばいい？」

「グラマンの部族にきくんだね。エニセイ川へ行って、きくんだね」

「グラマンの部族というのは……つまり、彼にイニシエーションをほどこした部族か？　グラマンの頭に穴をあけた？」

「そうさ。きいてみるんだね。グラマンは死んでないかもしれんし、死んでるかもしれん。死んでも生きてもいないかもしれん」

「死んでも生きてもいないって、どういうことだ？」

「精神界だよ。精神界にいるのかもしれん。わしはもうしゃべりすぎた。もうしゃべらんよ」

そして、御者はそれ以上なにもいわなかった。

町までもどると、リー・スコーズビーはさっそく港へ行って、エニセイ川の河口まで運んでくれる船をさがした。

一方、魔女《まじょ》たちもさがしていた。ラトビアの女王、ルタ・スカジはセラフィナ・ペカーラの仲間といっしょに、霧と旋風《せんぷう》の中、洪水《こうずい》や崖《がけ》くずれで破壊《はかい》された地帯の上空をなん昼夜も飛んでいた。彼女たちが、これまでだれも知らなかった世界にいるのはたしかだった。奇妙《きみょう》な風《ふ》が吹き、空気には奇妙なにおいがした。名前のわからない大きな鳥がおそってくるので、いっせいに矢をはなって追いはらわなくてはならなかった。ひと休みできる土地を見つけてみると、そこの植物も奇妙だった。

それでも、その植物のうちいくつかはたべられたし、おいしくたべられるウサギに似た小さな生きものもいたし、のみ水にも困らなかった。草原をもやのようにさまよい、小川や低地の水のそばに群がるあやしげなものさえいなかったら、暮らしやすい土地だっただろう。わずかな光の中では、その不気味なものはほとんど見えない。明るいところで、さまよっているのがかろうじて見えるだけだ。いまにも消えそうなものが、鏡の前でゆらめく透明《とうめい》なベールのように見えるのだ。魔女たちは、そんなものを見たのははじめてだったので、すぐに警戒《けいかい》した。

「生きているんだと思う、セラフィナ・ペカーラ？」森林地帯のはずれでじっとしているそのあやしげなものの群れの上空を旋回しながら、ルタ・スカジがきいた。

「生きているにせよ死んでいるにせよ、悪意に満ちたものよ」セラフィナは答えた。「ここからでもはっきり感じられる。どんな武器で攻撃《こうげき》できるかわからないかぎり、これ以上近づきたくないわ」

魔女たちにとって幸運なことに、そのスペクターたちの行動範囲は地上にかぎられ、飛ぶ力はないようだった。魔女たちはその日遅《おそ》く、スペクターがどんなことをするかを知った。

それが起こったのは、川を渡《わた》る場所、ほこりっぽい道が木立のそばの低い石橋にさしかかるところだった。遅い午後の日ざしが、草原にななめにさし、大地の濃い緑と空中のくすんだ金色をきわだたせていた。その豊かな、ななめの光の中に、橋へむかって進んでいる旅人の一行が見えた。歩いている者もいれば、馬車に乗っている者もいた。ふたりは馬にまたがっていた。彼らは魔女に気づいていなかった。空を見あげる理由がなかったからだ。でも、彼らは、魔女たちがこの世界で出会ったはじめての人間だったので、セラフィナ・ペカーラは話をしようと降下しかかった。そのとき、恐怖《きょうふ》の叫《さけ》び声が聞こえたのだ。

叫んだのは、先頭の馬に乗っている者だった。その男は木立を指さしていた。魔女たちが下を見ると、あのあやしげなものの群れが草原を流れるように移動していた。えじきである旅人のほうへ、よどみなく進んでいくようだった。

旅人たちはちりぢりになった。先頭の馬の男が、仲間を助けようともせず、すぐさましっぽを巻いて逃《に》げるのを、セラフィナはショックをうけながら見まもった。二番めの馬に乗った者も、おなじことをした。べつの方向へ、できるかぎりはやく逃げていったのだ。

「もっと低く飛んで、見るのよ、みんな」セラフィナは仲間にいった。「でも、わたしが命じるまでは、手を出してはだめよ」

小さな旅人の一行には子どももまじっていた。馬車に乗っている子どももいれば、わきを歩いている子どももいた。子どもたちにはスペクターが見えず、スペクターが子どもに興味をもっていないのはあきらかだった。スペクターはおとなをねらっている。ひとりの年とった女が、ひざに小さな子どもをふたりのせて馬車にすわっていた。ルタ・スカジは、その女がとても臆病《おくびょう》なので、怒《いか》りをおぼえた。女は子どもたちのうしろに隠《かく》れ、近づいてくるスペクターに子どもたちを突《つ》きだそうとしたからだ。まるで、自分の命を助けてもらうために子どもをさしだすかのように。

その子どもたちは、年とった女からはなれ、馬車から飛びおりた。そして、スペクターがおとなたちにおそいかかる中、まわりのほかの子どもたちとおなじように、おびえてあちこちへ走ったり、泣きながらしがみつきあったりしていた。馬車の年とった女は、ほどなく、ゆらめく透明なものにつつまれた。そのゆらめくものが、なにか目に見えないやり方で女をむさぼりくうのを、ルタ・スカジは吐《は》き気をもよおしながら見まもった。馬で逃げたふたりをのぞいて、一行のおとなはすべて、おなじ運命をたどっていた。

セラフィナ・ペカーラは、ぞっとしながらも興味をおぼえ、さらに近づいてみた。子どもをつれた父親が、川を渡って逃げようとしたが、スペクターはふたりに追いついた。子どもは、泣き叫びながら父親の背中にしがみついた。男は、スペクターにつかまえられ、なすすべもなく、水の中に腰《こし》までつかって立ちつくした。

あの男はどうなるんだろう？　セラフィナは、川から数メートルはなれた空中に停止して、ぞっとしながら見つめていた。彼女自身の世界の旅人から、吸血鬼《きゆうけつき》の伝説についで聞いたことがあるが、セラフィナはそれを思いだしながら、スペクターが――なにか男がもっているものを、男の魂《たましい》を、おそらく男のダイモンを――むさぼりくうのを見まもった。この世界では、どうやらダイモンは、外ではなく中にいるようだ。子どものももをつかんでいた男の腕《うで》が、ゆるんだ。子どもは、男のうしろの水の中に落ち、あえいだり叫んだりしながら、男の手をつかんだがむだだった。男はゆっくりふりむき、おぼれかかっている幼い息子《むすこ》を無関心に見おろしただけだった。

セラフィナはもう耐《た》えられなかった。さらに降下し、子どもを川からひっぱりあげた。そのとき、ルタ・スカジが叫んだ。「気をつけて！　うしろに――」

セラフィナは一瞬《いっしゅん》、心臓のすみっこにぞっとするような重苦しさをおぼえたが、すぐに手をのばしてルタ・スカジの手をつかんだおかげで、危険を脱《だつ》した。彼女たちは上昇《じょうしょう》した。子どもは悲鳴をあげながら、セラフィナの腰にぎゅっとしがみついてきた。セラフィナは、スペクターをふりかえった。もやのようなものが水上でうずを巻きながら、逃《のが》したえじきをさがしていた。ルタ・スカジがその中心に矢を射《い》ったが、なんの効果もなかった。

セラフィナは、スペクターにおそわれる危険がないことをたしかめながら、川岸に子どもをおろし、空中にもどった。小さな旅人の一行は、いまやもう永久に停止していた。馬は草をたべたり、頭をふってハエをはらったりしていた。子どもたちは、泣きわめいたり、たがいにしがみついたり、遠くからながめたりしていた。おとなたちはすべて、じっとしていた。目はひらいていた。立っている者もいたが、ほとんどはすわっていた。おそろしい静けさがあたりをおおっていた。最後のスペクターが満腹になって去っていくと、セラフィナは空から下におり、草の上にすわっている女の前に立った。ほおが赤く、髪《かみ》がブロンドでつやつやした、たくましく健康そうな女だった。

「ちょっと?」セラフィナはいった。返事はなかった。「聞こえる? わたしが見える?」

セラフィナは女の肩《かた》をゆすった。女は、やっとのことで顔をあげた。ほとんど気づいていないようで、目はうつろだった。セラフィナは女の腕をつねってみたが、女はゆっくり顔をさげ、目をそらしてしまった。

ほかの魔女たちは、愕然《がくぜん》と犠《ぎ》牲者《せいしゃ》たちを見ながら、ちりぢりになった馬車のあいだを歩いてまわっていた。一方、子どもたちは、少しはなれた小山に集まり、魔女たちを見つめながら、おそろしげにささやきあっていた。

「馬の男が見ていますよ」魔女のひとりがいった。

その魔女は、道が山あいにつづくあたりを指さした。逃げたその男は、馬をとめてふりかえり、手を目の上にかざして、なにが起こっているのかたしかめようとしていた。

「話してみましょう」セラフィナはそういうと、飛びたった。

その男は、スペクターに出くわしたときにはあんな行動をとったが、腰ぬけではなかった。魔女たちが近づいてくるのを見ると、ライフルを背中からぬき、馬を蹴《け》って草原へ走らせた。草原なら、自由にむきをかえて発砲《はっぽう》し、立ちむかえる。けれども、セラフィナ・ペカーラは、ゆっくり地上におりると、弓をかかげてから、自分の前の地面においた。

こっちの世界にそういう意思表示の方法があるにせよないにせよ、その意味はまちがえようがなかった。男は肩からライフルをおろすと、セラフィナをはじめとする魔女たちを見たり、頭上の空を旋回する魔女のダイモンたちを見あげたりしながら、待っていた。黒い絹の布きれをまとって、マツの枝にまたがって空をかける、若く荒々《あらあら》しい女たち――男の世界には、そんなものは存在しなかったが、男は落ちついて油断なく魔女たちとむきあった。さらに近づいたセラフィナは、男の顔に悲しみの表情がうかんでいることに気づいた。力強さもあった。仲間がやられているのに、しっぽを巻いて逃げた人間とは思えなかった。

「おまえはだれだ?」男はいった。

「セラフィナ・ペカーラよ。別世界にあるエナラ湖の魔女の女王。あなたの名前は?」

「ヨアキム・ロレンツだ。魔女だって? じゃあ、悪魔をよびだすのか?」

「だとしたら、わたしたちは敵というわけ?」

男はしばらく考えてから、ライフルをものの上においた。「以前だったら、そうだったかもしれない。しかし、時代はかわった。どうしてこの世界に来たんだ?」

「時代がかわったからよ。あなたの一行をおそったあの化けものはなに?」

「スペクターさ……」男は、少しおどろいたように肩をすくめた。「スペクターを知らないのか?」

「わたしたちの世界では、見たことないわ。あなたが逃げるのを見て、どう考えたらいいのか、わからなかったけど、いまわかったわ」

「やつらから身を守るすべはない」ヨアキム・ロレンツはいった。「子どもだけが影《えい》響《きょう》をうけないんだ。どんな旅行者の一行も、馬に乗ったおとなの男女をくわえなくちゃならない。法律できめられているのさ。馬に乗った者は、おれたちがやったのとおなじことをやらなきゃならない。さもないと、子どもの世話をする者がいなくなっちゃうからね。だけど、いまはひどいよ。街じゅうスペクターだらけだ。以前は、ひとつの街にせいぜい十かそこらしかいなかったんだ」

ルタ・スカジは、あたりを見まわしていた。馬に乗ったもうひとりが、馬車のほうへもどりつつあった。たしかに、女だった。子どもたちは、女を出迎《でむか》えようと走っていった。

「ところで、あんたらは、なにをさがしてるのかな」ヨアキム・ロレンツが話をつづけた。「さっきは、おれの質問にちゃんと答えなかった。なんの用もないのに、こんなとこに来るはずがない。さあ、答えてくれ」

「ある子どもをさがしているの」セラフィナはいった。「わたしたちの世界の女の子よ。名前はライラ・ベラクア、ライラ・シルバータンと呼ばれてるわ。いったいどこにいるのか、さっぱりわからないの。ひとりだけでいる、見たことのない女の子に出会わなかったかしら？」

「知らんな。だが、この前の夜、天使たちが北極へむかうのを見た」

「天使？」

「天使の大群が飛んでたのさ、武器を持って、きらめきながら。ここ何年も、あまり見かけなかったんだ。おれのじいさんの時代は、しょっちゅうこの世界を通ったんだがね。じいさんがよくそういってた」

ヨアキム・ロレンツは手を目の上にかざして、ちりぢりになった馬車と、動かない旅人たちのほうを見おろした。馬に乗ったもうひとりは、すでに馬からおり、子どもたちの何人かをなぐさめていた。

セラフィナはヨアキム・ロレンツの視線を追いながら、いった。「わたしたちが今夜いっしょに野宿してスペクターから守ってあげたら、この世界のことや、あなたの見た天使のことをもっと教えてくれる？」

「いいとも。いっしょに来てくれ」

魔女たちは、馬車を動かすのを手伝い、道を進み、橋をこえ、スペクターが出てきた木立からはなれた。おそわれたおとなたちは、その場に残していくしかなかった。幼い子どもたちが、もはやなんの反応もしなくなった母親にしがみついたり、なにもいわずなにも見ない父親のそでをけんめいにひくのを見るのはしのびなかったが。年少の子どもは、どうして親からはなれなければならないのか、理解できなかった。年上の子ども――以前にもこういったことを見たことがあり、その何人かはすでに自分の両親を失っていた――は、ただもの悲しげにおしだまっていた。セラフィナは、さっき川に落ちた少年を抱《だ》きあげた。少年は父親を求めて泣き叫び、セラフィナの肩ごしに手をのばしたが、父親は川の中に無関心にじっと立ったままだった。セラフィナの肌《はだ》に少年の涙《なみだ》が落ちた。

粗布《あらぬの》のズボンをはいて男のように馬に乗っている女は、魔女たちになにもいわなかった。顔はいかめしかった。けわしい口調で話し、涙を無視して、子どもたちを先へ進ませていた。夕日の金色の光があたりをおおっていた。その光の中では、なにもかもがはっきり見え、あいまいなものはなかった。子どもたちの顔も、馬の男と女の顔も、不滅《ふめつ》で強く美しく見えた。

やがて、灰まみれの石の輪の内側で残り火が燃え、大きな丘陵《きゆうりよう》が月の下に静かに横たわる中、ヨアキム・ロレンツはセラフィナとルタ・スカジに、彼《かれ》の世界の歴史を話した。

かつては幸せな世界だった、とヨアキム・ロレンツは説明した。街は広々として美しく、田畑はよく耕され、肥よくだった。商船が青い海原《うなばら》をさかんに行き来し、漁師はタラやマグロ、バスやボラがあふれるほどかかった網《あみ》をたぐりこんでいた。森では狩猟《しゆりよう》がおこなわれ、飢《う》えた子どもはいなかった。大都市の広場には、ブラジルやベニン、アイルランドや韓国《かんこく》の大使と、タバコ商人、イタリアのベルガモの喜劇役者、証券業者たちとが入りまじっていた。夜には、仮面をつけた恋人《こいびと》たちが、バラのつるされた柱廊《ちゆうろう》の下や、ランプに照らされた庭で出会いをかさねていた。あたりにはジャスミンの香《かお》りがし、スチール弦《げん》のはられたマンダロンの調べが聞こえた。

魔女たちは、自分たちの世界に似てはいるがちがうこの世界の話を、目を見ひらいて聞いていた。

「だが、おかしくなった」ヨアキム・ロレンツはいった。「三百年ほど前に、すっかりおかしくなった。おれたちが出てきた街にあるトーレ・デリ・アンジェリ、〈天使の塔《とう》〉の自然科学者たちの組合《ギルド》のせいだと思ってる者もいる。おれたちがなにか大罪をおかしたせいで天罰《てんばつ》がくだった、という者もいる。その罪がなにかについちゃ、意見はばらばらだがね。とにかく、どこからともなく、とつぜん、スペクターがやってきて、以来おれたちは、とりつかれてるのさ。やつらがなにをするかは見たろ。スペクターのいる世界で暮らすのがどんなものだか、想像してくれ。いまの暮らしがそのままつづく保証がなにもないのに、幸せに生きられるはずがないだろ。いつ父親が、あるいは母親がうばわれるか、わからないんだ。そして家庭は崩壊《ほうかい》さ。いつ店主がいなくなるかわからないんだ。そうなりゃ店はつぶれ、店員や問屋は仕事を失う。恋人同士が相手の誓《ちか》いを信じられるわけがないだろ。スペクターがやってきてから、おれたちの世界からは、信頼《しんらい》も美徳もすべてなくなったのさ」

「その自然科学者たちって、だれなの？」セラフィナはきいた。「その塔って、どこにあるの？」

「おれたちが出てきた街さ――チッタガーゼだ。カササギの街さ。なんでそう呼ばれるか、わかるかい？　カササギはこそ泥《どろ》だからだよ。おれたちがいまできるのは、それだけなんだ。なにも生みださない。もう何百年もなにもつくっていない。ほかの世界から盗《ぬす》むことしかできない。そうとも、おれたちはほかの世界のことを知ってる。トーレ・デリ・アンジェリの自然科学者どもは、おれたちが知らなきゃならないことを全部発見したんだ。連中は呪文《じゅもん》を知ってる。そこに存在しないはずのドアを通りぬけて、別世界へ行く呪文さ。呪文じゃなくて、錠《じょう》のないところでもあけられる鍵《かぎ》だっていう者もいる。ほんとのところは、だれにもわからん。なんであれ、呪文だか鍵だかがスペクターを入れるんだ。自然科学者どもは、まだそいつを使ってるって話だ。いろんな別世界へ行って、見つけたものを盗んでは持って帰るのさ。金《きん》や宝石はもちろんだが、ほかのものもね。たとえば、思想とか、穀物とか、鉛筆《えんぴつ》とか。やつらがおれたちの富のもとなんだ」ヨアキム・ロレンツは苦々しげにいった。「あの泥棒組合がね」

「どうしてスペクターは子どもを傷つけないの?」ルタ・スカジがきいた。

「それが最大のなぞなのさ。子どもの汚《けが》れなさの中に、スペクターを寄せつけない力があるようだ。だが、それだけじゃない。理由はわからないが、子どもたちにはスペクターが見えないんだ。ほんとのところは、わからない。たしかに子どもはスペクターに傷つけられないが、この世界にはスペクター孤児《こじ》があふれてる。察しがつくだろうが、スペクターによって親をうばわれた子どもたちだ。そういう子どもが群れをなして、放浪《ほうろう》している。おとなにやとわれて、スペクターに支配された場所に食べものや生活用品をさがしに行く子どももいる。ぶらぶらして、残飯をあさってるだけの子どももいる。

それがおれたちの世界さ。おれたちは、なんとかこの災《わざわ》いを耐えしのんできた。スペクターは、まったくのところ、パラサイト（寄生体）だ。宿主の生命力をほとんどうばうが、殺しはしない。それでも、つい最近、大きなあらしが来るまでは、そんなにひどくなかったんだ。あれは、まったくすごいあらしだったよ。世界じゅうがバリバリとわれるみたいな音がした。あんなあらしは、生まれてはじめてだった。

それから、何日も霧《きり》がつづき、おれの知っているかぎり、世界のどこもかしこも霧におおわれて、だれも旅ができなかった。霧が晴れると、街はスペクターだらけになっていた。何百何千ものスペクターがやってきていた。だから、おれたちは山や海へ逃げたが、こんどばかりは、どこへ行ってもスペクターからのがれるすべはなかった。あんたらが見てのとおりだ。

さて、こんどは、あんたの番だ。あんたの世界のことを話してくれ。どうしてこの世界へやってきたのかも」

セラフィナは、知っているかぎりのことをありのままに話した。ヨアキム・ロレンツは正直な男だ。なにも隠す必要はない。ヨアキム・ロレンツは、おどろいて頭をふりながら、じっと耳をかたむけていた。セラフィナが話を終えると、ヨアキム・ロレンツはいった。

「おれたちの自然科学者が持ってるといわれる力のことを、さっき話したろ。ほかの世界への道をひらく力さ。連中がたまにドアをうっかりあけっぱなしにするんじゃないか、っていう者もいる。別世界の旅人がときたまここにたどりついたとしても、ふしぎはないね。天使が通りぬけることはわかってるし」

「天使？」セラフィナはいった。「さっきも天使のことをいったわね。わたしたちは、そんな天使のことは知らないわ。なんなの？」

「天使のことを知りたいのか？　いいだろう。ほんとの名前は、ベネ・エリムっていうらしい。ウォッチャー（見守り手）と呼ぶ者もいる。おれたちみたいに肉体をもった存在じゃなくて、精神でできてる存在だ。いや、もしかすると、天使の肉体は、おれたちよりうすくて透《す》きとおってるのかもしれない。わからんがね。とにかく、おれたちとはちがうのさ。天使は天界からメッセージを運ぶ。それが仕事だ。ときどき、空を飛んでるのを見かける。この世界を通りぬけて、べつの世界へ行くところをね。はるか上空を、ホタルみたいに光りながら飛んでくのさ。静かな夜には、はばたきが聞こえるよ。天使の関心事は、おれたちのとはちがう。大昔は、おりてきて、この世界の人間と交流したり、人間の子ももうけた、といわれるがね。

じつは、あの霧が来て、大あらしにおそわれたあと、おれは家へ帰る途中《とちゅう》、サンテリア市のむこうの丘《おか》で出くわしたんだ。おれは、カバの森の横の泉のそばにある羊飼《ひつじか》いの小屋に逃《に》げこんだ。ひと晩じゅう、霧の中から声が聞こえたよ。恐怖《きょうふ》や怒《いか》りの叫《さけ》び声、はばたきも聞こえた。あんなに近くに聞こえたのははじめてだ。夜明けごろ、小ぜりあいをする音と、矢がヒューヒュー飛ぶ音と、剣《けん》がカチンカチンとぶつかりあう音が聞こえた。外に出て見る勇気はなかった。見たいのはやまやまだったが、おそろしかったものでね。まったくのところ、おびえきっていたのさ。あの霧の中で空が最大限明るくなると、おれは思いきって外を見てみた。すると、泉のそばに、傷を負ったすごく大きなものが横たわっていた。見てはいけないものを見てしまったような気がしたよ——神聖なものをね。おれは思わず目をそむけた。もう一度見ると、もういなくなっていた。

あんなに天使に近づいたのははじめてだ。だが、さっきもいったように、こないだの夜、天使の群れを見たんだ。星のまたたくはるか上空を、北極へむかってたよ、まるで帆《ほ》をあげた船団みたいにね……なにかが起こってるのさ。それがなんなのか、おれたちにはわからない。戦争がはじまるのかもしれん。かつて天界で戦争があった。何千年も前、はるか昔に。結果がどうなったかは知らないがね。また戦争が起こるのは、ありえないことじゃない。ただ、たいへんな破壊がもたらされるだろう。どういう結果になるか……想像もつかない」

ヨアキム・ロレンツは、体を起こして火をかきおこしながら、話をつづけた。「もっとも、結末は、おれがおそれてるよりもいいかもしれんな。天界の戦争がこの世界からスペクターを一掃《いっそう》して、出てきた穴にもどしてくれるかもしれない。そうなったら、ほんとにありがたいんだがな！　あのおそろしいやつから解放されて、生きいきと幸せに生きられる！」

そういったものの、炎《ほのお》を見つめるヨアキム・ロレンツは、少しも希望を持っていないように見えた。たくましい顔にはちらちらと光がおどっていたが、表情の変化はなかった。いかめしく悲しげに見えた。

ルタ・スカジがいった。「北極のことだけれど。天使が北極へむかっていたといったわね。どうしてそうするのか、わかるかしら？　そこに天界があるの？」

「さあな。おれには学問があるわけじゃない、わかるだろうがね。だが、おれたちの世界の北は、魂《たましい》のすみかだっていわれてる。天使が集まってんなら、行くとこはそこだ。天使が天界をおそうつもりなら、とりでを築いて出撃《しゅつげき》するのはそこからだろう」

ヨアキム・ロレンツは上をむいた。魔女《まじょ》たちは彼の視線を追った。この世界の星は、魔女たちの世界の星とおなじだった。銀河が天球に明るくきらめき、無数の星の光が闇《やみ》にふりかかり、その明るさは月光に匹敵《ひってき》するほどだった……

「ダストの話は聞いたことある？」セラフィナはきいた。

「ダスト？　つまり、道ばたのあのほこり《ダスト》ってわけじゃないよな？　いや、聞いたことないね。見ろ！　天使の群れがいるぞ……」

ヨアキム・ロレンツはヘビつかい座のほうを指さした。たしかに、そのあたりをなにかが移動中だった。光に照らされた生きものの小さな一団だ。あてもなくさまよっているのではなかった。目的をもったガンやハクチョウの群れのように移動していた。

ルタ・スカジが立ちあがった。

「そろそろ、あなたたちとお別れするわ」ルタ・スカジはセラフィナにいった。「何者であれ、あの天使たちと話してみなきゃ。もし彼らがアスリエル卿《きょう》のところへ行くなら、いっしょに行く。そうでないなら、自分でさがしつづけるわ。ごいっしょさせてくれてありがとう。成功を祈《いの》るわ」

ふたりはキスした。ルタ・スカジはマツの枝にまたがると、空へと飛びたった。セルジという名の彼女《かのじょ》のダイモン、オガワコマドリが、彼女とならんで闇からさっと飛びたった。

「高くのぼるのかい？」セルジはきいた。

「ヘビつかい座の、あの光をうけて飛ぶものの高さまで。すごい速さで飛んでるわ、セルジ。追いつくのよ!」

ルタ・スカジとそのダイモンは、すばやく上昇《じょうしょう》し、火花よりもはやく飛んでいった。マツの小枝のあいだを風がすごい勢いで流れ、彼女の黒髪《くろかみ》はなびいていた。ルタ・スカジは、広大な闇の中の小さな火も、眠《ねむ》っている子どもたちと彼女の仲間の魔女たちも、ふりかえって見たりはしなかった。彼女のこれまでの旅は終わったのだ。それに、前方で光っている生きものたちは、まだ小さかった。もし目をそらしたら、すぐに星明かりの中に見失いそうだった。

ルタ・スカジは、天使たちを見失わずに飛びつづけた。近づくにつれ、しだいにはっきり姿が見えてきた。

天使たちは、燃えているように光をはなつのではなく、どこにいても、夜がどんなに暗くても、たえず太陽の光に照らされているような光り方だった。人間に似ているが、翼《つばさ》があり、はるかに背が高い。裸《はだか》だったので、三人は男で、ふたりは女だと見てとれた。翼は肩甲骨《けんこうこつ》のあたりについていて、背中と胸は筋肉がもりあがっている。ルタ・スカジはしばらくうしろにとどまり、戦う必要が生じた場合にそなえて、天使たちの力を見きわめようとした。武器は持っていないが、らくらくと飛んでいる。追いかけっことなったら、かなわないかもしれない。

ルタ・スカジは、念のため弓を用意すると、加速して前進し、天使たちとならんで飛びながら、叫んだ。

「天使たちよ！　とまって話をきいて！　わたしは魔女のルタ・スカジ、話があるの！」

　天使たちはふりむいた。大きな翼を内側にはばたかせ、スピードを落とした。空中でまっすぐに立ち、はばたくことによって位置を維持《いじ》した。天使たちはルタ・スカジをかこんだ。五つの大きな体が、見えない太陽に照らされ、闇の中で光っていた。ルタ・スカジは、その奇妙《きみよう》な状態に胸がドキドキしていたが、堂々とおそれずにマツの枝にまたがり、まわりを見まわした。ダイモンは、彼女に寄りそうようにとまった。

　天使がそれぞれ個性をもっているのはあきらかだったが、全員に共通したところがあった。ルタ・スカジがこれまでに見てきたところでは、人間はそれほどまではっきりした共通点をもっていなかった。天使たちが共有しているのは、すばやく微妙《びみよう》に働く知性と感情で、全員が同時に反応するように思われた。天使は裸だった。ルタ・スカジは、天使たちに見られていると、自分も裸のような気がした。その視線は深く刺《さ》しつらぬくようだった。

それでも、ルタ・スカジは気おされなかった。きぜんとして見つめかえした。

「そう、あなたたちは天使なのね。あるいは、ウォッチャーか、ベネ・エリムか。どこへ行くの？」

「呼びだしに応じているのだ」ひとりが答えた。

どの天使が話したのかはわからなかった。天使のうちのだれかかもしれないし、全員同時だったのかもしれない。

「だれの呼びだし？」

「ある男のだ」

「アスリエル卿？」

「かもしれない」

「どうしてアスリエル卿の呼びだしに応じているの？」

「そうしたいからだ」

「なら、どこにせよ、わたしをアスリエル卿のところまで案内して」

ルタ・スカジは四百十六歳《さい》で、成熟した魔女の女王にふさわしい誇《ほこ》りと知識をもっている。短命のどんな人間より賢《かしこ》いが、この太古からの生きもののそばでは自分がどんなに子どもっぽく見えるか、まったくわかっていなかった。天使の意識が、糸状の触手《しょくしゅ》のように、想像もつかないほどの宇宙の最果ての地までひろがっていることも、わかっていなかった。天使が人間の姿に見えるのは、彼女がそういうものだと思っているからにすぎないことも、わかっていなかった。もし天使のほんとうの姿を見たら、生物というより建築物のように見えるだろう。知性と感情でできた巨大《きょだい》な建造物だ。けれども、ルタ・スカジには人間の姿をしているとしか思えなかった。まだまだ若いからだ。

天使たちはすぐに翼をはばたかせ、勢いよく前に進んだ。ルタ・スカジは、天使たちの翼が起こす乱気流にのって、それが彼女の飛行にくわえるスピードとパワーを楽しみながら、いっしょに飛んでいった。

夜じゅう、飛びつづけた。東の空が白むにつれ、星はうすれていき、やがて消えた。太陽のへりがあらわれると、世界は一気に明るくなった。しばらくすると、彼らは新鮮《しんせん》でさわやかで湿《しめ》った澄《す》んだ青空を飛んでいた。

日ざしの中だと、天使の姿は見づらかったが、だれの目にも、そのふしぎさはあきらかだった。天使を照らす光は、空をのぼっている太陽の日ざしではなく、どこかほかの場所からの、なにかべつの光のようだった。

天使たちは疲れを知らずに飛びつづけ、ルタ・スカジも疲れを知らずについていった。ルタ・スカジは、大きなよろこびをおぼえていた。自分がこの不滅の存在を意のままにできるような気がした。彼女は自分の血と肉によろこびを感じた。肌《はだ》にじかにふれるざらざらしたマツの樹皮に、心臓の鼓動《こどう》に、生き生きした自分のすべての感覚に、いま感じている空腹に、やさしい声をしたオガワコマドリのダイモンがそばにいることに、眼下の大地に、あらゆる生きもの――植物も動物もふくめ――の命に。彼女は、自分が天使とおなじものであることをよろこんだ。死んだら、天使が彼女をはぐくんでくれたように、自分の肉体がほかの生命をはぐくむことを知って、よろこんだ。アスリエル卿にまた会えることもうれしかった。

ふたたび夜が来たが、天使は飛びつづけた。ある時点で、空気の質がかわった。よくなったのでも悪くなったのでもないが、とにかくかわった。ルタ・スカジは、べつの世界に入ったことがわかった。どうしてそうなったのかは、見当もつかなかった。

「天使たち！」ルタ・スカジは変化を感じながら、叫んだ。「わたしがあなたたちを見つけた世界をどうやって出たの？　境界はどこにあったの？」

「空中に、目には見えない場所がある」答えがかえってきた。「べつの世界へ通じる入口だ。われわれには見えるが、あなた方には見えない」

ルタ・スカジには、その目に見えない入口を見ることができなかったが、見る必要もなかった。魔女は、鳥よりもうまく位置をたしかめて進めるからだ。ルタ・スカジは、天使から話を聞くなり、眼下の三つの峰《みね》にじっと注意をむけ、正確に地形をおぼえた。もし必要なら、これでまた見つけられる。天使はそう思わないかもしれないが。

さらに飛びつづけた。やがて、天使の声が聞こえた。

「アスリエル卿はこの世界にいる。あそこに、とりでをつくっている……」

天使たちは速度を落とし、ワシのように旋回《せんかい》しはじめた。ルタ・スカジは、天使のひとりが指さしている場所を見た。夜明けのかすかな光が東を染めていたが、頭上の星は、黒いビロードのような深遠な天空を背に、あいかわらず明るくきらめいていた。しだいしだいに光が増してくる世界のへりには、大きな山脈がそびえていた——とがった黒い岩、巨大なわれた石、ノコギリ状の尾根《おね》が、宇宙の破滅《はめつ》の残骸《ざんがい》のようにごたごたと積み重なっていた。けれども、夜明けの光に照らされ、くっきりと輪郭《りんかく》をあらわしているいちばん高いところには、きちんとした本格的な構造物がたっていた。巨大な要塞《ようさい》で、玄武岩《げんぶがん》でできた胸壁は丘の半分くらいの高さがあり、広さは飛行時間ではかったほうがよさそうだった。

このとほうもない要塞の下のほうでは、夜明けの闇のなかに火がきらめき、かまどから煙《けむり》が出ていた。何キロも先から、ハンマーがカチンカチンという音と、大きな風車小屋で粉をひく音がした。あらゆる方向から、天使の群れがそこへむかって飛んでいた。天使だけでなく、機械もだ。アホウドリのように滑空《かっくう》する、鋼鉄《こうてつ》の翼をもった飛行船だ。トンボのはねに似た翼の下には、ガラスのゴンドラ。巨大なマルハナバチのようにブーンとうなっている。すべて、アスリエル卿が世界の果ての山上につくっている要塞へむかっていた。

「あそこにアスリエル卿がいるの?」ルタ・スカジはきいた。

「ああ、あそこにいる」天使たちが答えた。

「なら、あそこへ飛んでいって、アスリエル卿に会いましょう。あなたたちは、わたしの名誉《めいよ》の護衛者よ」

天使たちは従順に、翼をひろげると、彼らの前をはりきって飛ぶ魔女とともに、金でふちどられた要塞をめざした。

7　ロールスロイス

ライラは朝はやく目をさました。静かであたたかく、この街にはこんなおだやかな夏しかないように思われた。ライラはベッドからすべりでて、階下へおりた。海のほうから子どもたちの声が聞こえたので、なにをしているのかたしかめに行った。

三人の男の子とひとりの女の子が、二台の水上自転車《ペダルボート》に分乗して、太陽に照らされた港をバシャバシャと進み、飛びこみ台にむかって競走していた。ライラに気づくと、一瞬《いっしゅん》スピードを落としたが、すぐにまたレースをつづけた。勝ったペダルボートは、ゴールの飛びこみ台のステップに激突したので、ひとりが海に落ちてしまった。落ちた男の子は、べつのペダルボートによじのぼろうとしたが、ひっくりかえしてしまった。けっきょく、全員、前夜におそろしいことなどなにもなかったように、バシャバシャ泳ぎはじめた。その四人は、塔《とう》のそばにいた子どもたちのうちでいちばん年下のほうだった。ライラは、四人のいる海に入っていっしょに泳ぎだした。パンタライモンは、小さな銀色の魚になって、ライラのわきできらめいていた。ライラは、ほかの子と話すのは苦手ではない。ほどなく、四人の子どもはライラのまわりに集められ、潮だまりの中のあたたかな石の上にすわっていた。彼《かれ》らのシャツは、日をあびてすぐにかわいていった。パンタライモンは、かわいそうに、カエルの姿になって、冷たく湿《しめ》った木綿《もめん》のポケットにまたもぐりこまなくてはならなかった。

「あのネコをどうするんだい？」

「ほんとに魔《ま》よけになるの？」

「どこから来たの？」

「きみの友だちは、スペクターをこわがってないね」

「ウィルはなにもこわがったりしないわ」ライラはいった。「あたしだって。あんたたち、なんでネコなんかこわがってるの？」

「ネコのことを知らないのか？」いちばん年上の男の子が、信じられないようにいった。「ネコの中にはね、悪魔がすんでるんだよ。ネコを見たら、全部殺さなきゃいけない。ネコにかまれると、悪魔がのりうつる。あの大きなヒョウはどうしたんだ？」

ライラは、ヒョウの姿になったパンタライモンのことだとわかり、とぼけて首をふった。

「夢を見てたんでしょ。月光の中だと、どんなものもちがって見えるわ。とにかく、あたしとウィルがいたところには、スペクターはいないわ。だから、よく知らないの」

「もし見えないなら、安全なんだ」ひとりの男の子がいった。「見えたら、おそいかかってくる。パパがそういってた。パパもおそわれたけど、そのときは逃《に》げられたんだ」

「いまも、まわりじゅうにいるわけ？」

「そうよ」女の子が片手をのばし、ひと握《にぎ》りの空気をつかみながら、大声をあげた。「いま一匹《ぴき》つかんだわ！」

「スペクターはぼくたちを傷つけられないのさ」男の子のひとりがいった。「だから、ぼくたちもスペクターを傷つけられないのさ」

「この世界には、ずっとスペクターがいたの？」ライラはきいた。

「ああ」ひとりの男の子がいったが、べつの子がこういった。「いや、昔やってきたんだ。何百年も前にね」

「組合《ギルド》のせいで、やってきたんだ」もうひとりがいった。

「なんですって？」ライラはきいた。

「ちがうわ！」女の子がいった。「あたしのおばあちゃんは、人間が悪いからだっていってた。神さまがあたしたちを罰《ばつ》するために送りこんだって」男の子がいった。「あごひげがあるんだからな、おまえのおばあさんは、なにも知らないのさ」男の子がいった。「あごひげがあるんだからな、おまえのおばあさんは。ヤギなんだから」

「ギルドってなに?」ライラはねばってきいた。

「〈天使の塔《トーレ・デリ・アンジェリ》〉は知ってるだろ?」男の子のひとりが答えた。「あの石の塔さ。あれはギルドのものなんだ。あの中に、秘密の場所がある。ギルドってのは、いろんなことを知ってる人間だ。自然科学や、錬金術《れんきんじゅつ》や、あらゆることを知ってる。スペクターを入れたのは、やつらだったのさ」

「そうじゃないよ」べつの男の子がいった。「スペクターは星から来たんだ」

「いや、そうなんだ！　こういうことだったんだよ。何百年も前、ひとりのギルドの男が、ある金属を分解してた。鉛《なまり》さ。鉛を金《きん》にかえようとしてたんだ。その男は鉛をどんどん切って小さくしていって、できるかぎり小さくした。それ以上小さいものはないくらいにね。見えないくらい小さくさ。だけど、それもまた切ったんだ。それ以上ない小さなそのかけらの中に、スペクターたちが、すきまもないくらいぎゅうづめになって入ってたのさ。男がそいつを切ったとたん、バン！　スペクターたちが一気に出てきた。以来、スペクターはここにいるのさ。パパがそういってた」

「いま、あの塔にはギルドの人間がいるの？」ライラはいった。

「いないわ！　ほかのみんなといっしょに逃げちゃったのよ」女の子が答えた。

「あの塔にはだれもいない。あそこはね、呪《のろ》われてるのさ」男の子のひとりがいった。

「だから、あのネコがあそこから出てきたのさ。ぼくたちはあそこには絶対入んないよ。子どもはだれもあそこに入んない。おっかないからね」

「ギルドのやつらは、平気であそこに入ってたよ」べつの男の子がいった。

「特別な魔法かなんかを知ってるのよ。強欲《ごうよく》なやつらなの、貧しい人を食いものにして」女の子がいった。「貧しい人がいっしょうけんめい働いて、ギルドのやつらはなにもしないであそこに住んでるだけ」

「だけど、もうあの塔にはだれもいないんでしょ？」ライラはいった。「おとなはいないんでしょ？」

「この街には、おとなはひとりもいないわ！」

「そんな危険はおかせないのさ」

けれども、ライラはあそこで若い男を見かけたのだ。それはまちがいない。それに、この子たちの話し方には、なにかおかしなところがある。ライラは、うそつきの名人なので、相手がうそつきだとちゃんとそうわかる。この子たちはなにかしらうそをついている。

ライラは、はっと思いあたった。幼いパオロが、自分とアンジェリカにはにいさんのトゥリオがいて、トゥリオも街にいるといったのだ。すると、アンジェリカがパオロをだまらせた……あのとき見た若者は、ふたりのおにいさんだったのでは？

ライラは四人の子と別れた。四人の子はまたペダルボートに乗って、浜《はま》べにもどっていった。ライラはカフェに入ってコーヒーをいれ、ウィルが起きているかたしかめにいった。でも、まだ眠《ねむ》っていて、ネコはウィルの足もとにまるくなって寝《ね》ていた。ライラは、はやくあの学者にもう一度会いたくてならなかった。そこで、メモを書いて、ベッドのわきの床《ゆか》におくと、リュックサックをしょって、例の窓をさがしに出かけた。

途中《とちゅう》、前の夜に来たあの小さな広場をとおった。いまはだれもいなかった。日ざしが、古い塔の正面にふりかかり、入口のわきのうすよごれた彫《ほ》りものがはっきり見えた。たたんだ翼《つばさ》のある、人間のような像だ。何世紀も風雨にさらされてすりへっていたが、そのじっと動かない姿には、どこか力強さとあわれみと知力が感じられた。

「天使だ」コオロギの姿になってライラの肩《かた》にとまっていたパンタライモンが、いった。

「スペクターかもしれないわ」ライラはいった。

「ちがうさ！　ここは天使《アンジエリ》のなんとかとか、いってただろ。絶対に天使だよ」

「入ってみる？」

　ライラとパンタライモンは、凝《こ》った装飾《そうしょく》のちょうつがいがついた大きなオーク材のドアを見あげた。ドアまでの数段の階段はひどくすりへり、ドア自体は少しあいていた。ライラをとめるものは、彼女《かのじょ》自身の恐怖《きょうふ》以外ない。

　ライラは、しのび足で階段のいちばん上までのぼり、すきまから中をのぞいてみた。見えたのは、板石のしかれた暗い玄関《げんかん》ホールだけだった。たいしてこわくもなかった。けれども、ジョーダン学寮《がくりょう》の地下納骨堂の頭蓋骨《ずがいこつ》にいたずらしたときみたいに、パンタライモンがライラの肩の上で不安そうに動きまわった。ライラは、少しは賢《かしこ》くなっていた。ここはよくない場所だ。ライラは階段をかけおり、広場から出ると、明るい日ざしのあたったヤシの木の大通りへむかった。だれにも見られていないと確信するなり、あの窓までまっすぐ行き、ウィルの世界へと通りぬけた。

　四十分後、ライラはまたあの物理《ぶつり》学棟《がくとう》に入り、守衛と押し問答したが、今回は切り札があった。

「マローン博士にきいてください」ライラは愛想《あいそ》よくいった。「それだけでいいんですから。マローン博士が説明します」

守衛は電話にむかった。ライラは、守衛がボタンを押《お》して話すのを、気の毒そうに見まもった。この守衛は、ほんもののオックスフォードの学寮みたいな、ちゃんとした詰《つ》め所《しょ》をあたえられていない。まるで店みたいに、大きな木のカウンターだけだ。

「よし」守衛がふりむいた。「上に来させなさいってことだ。ほかの場所には行っちゃいかんぞ」

「ええ、わかってます」ライラは、言いつけを守るよい子のように、まじめくさっていった。

でも、階段を上までのぼると、意外なことが起こった。女性を示す絵のついたドアの前を通りすぎようとしたとき、そのドアがひらき、マローン博士が中に入るように手招きしたのだ。

ライラはとまどいながら、中に入った。そこは研究室ではなく、トイレだったし、マローン博士は動揺《どうよう》していた。

「ライラ、研究室にほかの人が来てるの――警官かなにかよ。きのう、あなたがわたしに会いに来たことを知っているわ――なにを追ってるのかは知らないけど、気に入らない。どういうことなの？」

「あたしが来たことを、どうして知ってるのかしら？」

「わかるわけないでしょ！　あなたの名前は知らなかったけど、だれのことをいってるかはわかったわ――」

「そう。じゃあ、あたし、うそをつきます。かんたんよ」

「でも、どういうことなの？」

廊下《ろうか》から、女の声がした。

「マローン博士？　あの子は来ましたか？」

「ええ」マローン博士は叫《さけ》んだ。「トイレの場所を教えてやっていたんです……」

そんなに心配することないのに、とライラは思った。でも、たぶん、危険に慣れてないんだろう。

廊下にいた女は若く、こぎれいなかっこうをしていた。ライラが廊下に出ると、女は笑《え》みをうかべようとしたが、目はけわしく疑わしげなままだった。

「こんにちは」女はいった。「ライラね？」

「ええ。あなたは？」

「クリフォード部長刑事《けいじ》よ。いっしょに来て」

この若い女はずうずうしくも、自分の研究室みたいにふるまっている、とライラは思ったが、おとなしくうなずいた。このとき、ライラははじめて後悔《こうかい》をおぼえた。ここに来るべきじゃなかった、と思った。真理計《アレシオメーター》が自分にどうしてほしいか、ライラは知っていた。それはこんなことじゃなかった。ライラはためらいながらドア口に立った。

部屋の中には、まゆ毛の色のうすい、長身でがっしりした男がいた。ライラは、学者がどんなふうか知っている。この男も若い女も、学者タイプじゃない。

「入って、ライラ」クリフォード刑事がいった。「だいじょうぶよ。この人はウォルターズ警部」

「こんにちは、ライラ」男はいった。「きみのことは、マローン博士からすべて聞いた。ぜひ会って、二、三質問したかったんだ、さしつかえなければね」

「どんな質問ですか?」ライラはきいた。

「むずかしいことじゃない」男は笑みをうかべた。「すわりたまえ、ライラ」

男はライラのほうへいすを寄せた。ライラは慎重《しんちょう》に腰《こし》をおろした。ドアがしまる音が聞こえた。マローン博士はそばに立っていた。コオロギになってライラの胸ポケットに入っているパンタライモンは、動揺していた。ライラは、胸にパンタライモンがぴったり身を寄せてくるのがわかった。パンタライモンのふるえが見えないように祈《いの》った。じっとしているように心で伝えた。

「きみはどこから来たのかな、ライラ?」ウォルターズ警部がきいた。

もしオックスフォードだと答えたら、かんたんに確認されてしまうだろう。でも、別世界だともいえない。この人たちは危険だ。もっと知りたがるはずだ。ライラは、この世界でもうひとつだけ知っている地名を思いだした。ウィルが来た場所だ。

「ウィンチェスターです」

「けんかでもしたのかね、ライラ?」ウォルターズ警部はいった。「どうしてそんなあざができたのかな? ほおにもあざがあるし、脚《あし》にもある——虐待《ぎゃくたい》でもされているんじゃないか?」

「いいえ」

「学校には通っているのかな、ライラ?」

「ええ。ときどき」

「きょうは、学校は休みかね?」

ライラはなにもいわなかった。だんだん落ちつかなくなってきた。マローン博士を見ると、その顔はこわばり、しずんでいた。

「マローン博士に会いに来ただけです」ライラはいった。

「オックスフォードに滞在《たいざい》しているのかね、ライラ？　どこにとまっているんだ？」

「ある人のところです。友だちです」

「住所は？」

「なんというところか、正確には知らないんです。かんたんに行けるけど、住所は思いだせません」

「ある人とはだれだね？」

「おとうさんの友だちです」

「そうか、なるほど。どうやってマローン博士のところに来たのかな？」

「おとうさんが物理学者で、知りあいなんです」

よし、調子がでてきたぞ、とライラは思った。リラックスし、さらにすらすらとうそをつきはじめた。

「マローン博士は、どんな研究をしているのか、教えてくれたかな？」

「ええ。画面のある機械を見せてくれました……ええ、それだけ」

「そういうことに興味があるのかね？　科学やなんかに？」

「ええ。とくに、物理に」

「大きくなったら、科学者になりたいのかね？」

こういう質問をされたら、目をまるくするものだ。ライラはそうした。男は平然としていた。うすい色の目で若い女をちらっと見てから、ライラに視線をもどした。

「ちょっとおどろいたかな？」

「マローン博士が見せてくれたものに、おどろいたけど、予想はしてましたから」

「おとうさんが物理学者だから？」

「ええ。おとうさんもおなじような研究をしているんです」

「そうか、なるほど。きみにも理解できるのかね？」

「少しは」

「じゃあ、おとうさんも暗黒物質《ダーク・マター》を調べているんだね？」

「ええ」

「研究はマローン博士とおなじくらい進んでいるのかな？」

「やり方はちがうんです。もっと進んでいることもあるけど、画面にことばが出るあの機械は、持ってません」

「ウィルも、きみの友だちのうちに泊まっているのかね？」

「ええ、ウィルは――」

ライラはことばをきった。すぐに、大失敗をしたとわかった。

相手にもわかった。ふたりの刑事はすぐに立ちあがり、ライラが走りだすのをとめようとしたが、マローン博士がじゃまをした。クリフォード部長刑事はつまずいて倒《たお》れ、ウォルターズ警部の道をふさいだ。おかげで、ライラは部屋から飛びだしてドアをバタンとしめ、全速力で階段へむかうことができた。

白い上っぱりを着た男がふたり、ドアのひとつから出てきた。ライラはそのふたりにぶつかった。パンタライモンはさっとカラスになり、かん高い鳴き声をあげながらはばたいた。ふたりの男はぎょっとして、あとずさりした。ライラはふたりの手からのがれて、最後の階段をかけおり、ロビーまで行った。ちょうどそのとき、守衛が電話をおき、カウンターのむこうをドタドタと歩きながら、叫んだ。「おい！　とまれ！　おまえ！」

けれども、守衛はカウンターのはしで、はねあげ式の扉《とびら》をあけなくてはならなかった。ライラは、守衛が出てきて彼女をつかまえないうちに、回転ドアまで達した。ライラのうしろでは、エレベーターのドアがひらこうとしていた。うすい色の髪《かみ》をした男が、すごい勢いで走りでてきた――

回転ドアがまわらない！　パンタライモンがライラに叫んだ。反対側に押してるんだ！

ライラは恐怖の叫び声をあげ、べつの仕切りに飛びこむと、小さな体を重いガラスに力いっぱいぶつけて、まわるように念じた。どうにかガラスを動かし、守衛につかまらずにすんだ。守衛は、うすい色の髪の男の道をふさぐかたちになった。おかげで、そのふたりが通りぬける前に、ライラは飛びだすことができた。

車も、ブレーキも、タイヤのキーッという音も無視して、道を渡《わた》ると、高い建物のあいだのすきまに入り、車が行きかうべつの道に出た。ライラは、自分の世界では馬車をよけて慣れていたので、さっさと先へ進んだ。すぐうしろに、うすい色の髪の男がぴったりついてきていた――おそろしい男だ！

庭に入り、柵《さく》をこえ、茂《しげ》みをいくつか通りぬけた――パンタライモンはアマツバメになって、頭上すれすれを飛びながら、方向を指示した。石炭庫のうしろにしゃがみこんだとき、うすい色の髪の男の足音があっというまに通りすぎた。息は切らしていなかった。すごくはやくて、ぜんぜんバテていなかった。パンタライモンがいった。

「もどろう！　さっきの道にもどるんだ――」

ライラは隠《かく》れ場所からはうように出ると、芝生《しばふ》の上を走ってもどり、庭の門から、またバンベリー・ロードに出た。ふたたび車をよけながら道を渡るあいだ、何回もタイヤがキーッと鳴った。それから、ライラはノーラム・ガーデンズを、高いビクトリア朝ふうの家がつづく静かな並木道を走っていった。

ライラは、立ちどまって息をととのえた。ひとつの庭園の前に高い生け垣《がき》があり、下のほうは低い外壁《そとかべ》になっていた。ライラは、イボタの木の生け垣の下に、ひざをかかえこんですわった。

「彼女はぼくたちを助けてくれたよ！」パンタライモンがいった。「マローン博士はじゃまをしてくれた。やつらじゃなくて、ぼくたちの味方だ」

「ああ、パン」ライラはいった。「あたし、ウィルのことを話すべきじゃなかったわ。もっと慎重にしなきゃならなかったわ――」

「そもそも、来るべきじゃなかったのさ」パンタライモンはきびしい口調でいった。

「わかってる。まったく……」

けれども、ライラには自分を責める時間はなかった。パンタライモンが肩に飛んできて、「見ろ――うしろだ――」というなり、またコオロギにかわり、ライラのポケットに飛びこんだからだ。

ライラは立ちあがり、走ろうとした。大きなダークブルーの車が、ライラのいる歩道まで静かに近づいてきた。ライラは、どっちの方向にも走りだせるように足をふんばったが、車のうしろの窓がひらいた。そこからあらわれたのは、ライラの知っている顔だった。

「リジー」博物館で会った、年とった男がいった。「また会えてうれしいよ。車で送ってやろうか？」

男はドアをひらくと、つめて場所をあけてくれた。パンタライモンがうすい木綿《もめん》ごしにライラの胸をかんだが、ライラはすぐさま、リュックサックをつかみながら車に乗りこんだ。男は、ライラの前に身をのりだしてドアをしめた。

「急いでいるようだね」男はいった。「どこへ行きたいのかな？」

「サマータウンのほうへ」ライラはいった。「おねがいします」

運転手は、ハンチングをかぶっていた。車は手入れがゆきとどき、きれいで豪華《ごうか》だった。車内には、年とった男のオーデコロンの強いにおいがした。車は歩道からはなれ、まったく音をたてずに走りだした。

「あれからどうしていたのかね、リジー？」年とった男はいった。「あの頭蓋骨《ずがいこつ》のことは、なにかもっとわかったかな？」

「ええ」ライラは身をよじって、うしろの窓から外を見た。うすい色の髪の男の姿はなかった。うまく逃《に》げられたんだ！　こんな金持ちのすごい馬力の車にのせてもらっているんだから、もう安全だ、見つかりっこない。ライラは、勝ちほこったような気持ちになった。

「わたしも少し調べたんだ。わたしの友だちの人類学者の話では、あの博物館は、展示しているもの以外にも、頭蓋骨を所蔵しているらしい。そのいくつかは、すごく古いものだ。ネアンデルタール人だよ」

「ええ、あたしもそう聞きました」ライラは、男がなんの話をしているのかわからなかった。

「きみの友だちはどうしている？」

「友だちって？」ライラはぎくりとした。この男にもウィルのことを話してしまったっけ？

「きみがとめてもらっている友だちだよ」

「ああ、そうか。彼女はとっても元気よ」

「なにをしている人かね？ 考古学者かな？」

「ええと……物理学者よ。暗黒物質《ダーク・マター》の研究をしてるの」ライラは、落ちつきをとりもどしきっていなかった。この世界は、思ったよりうそをつくのがかんたんではない。ほかのことも気になっていた。この年とった男は、どこか見おぼえがあるのだが、思いだせないのだ。

「暗黒物質?」男はいった。「これはおもしろい! けさ、《タイムズ》でそのことを読んだよ。宇宙はそのなぞの物質で満ちているが、それがなんであるかはだれにもわかっていないそうだ! きみの友だちはそれを調べているのかね?」

「ええ。そのことをいろいろ知ってるの」

「将来きみはなんになるのかな、リジー? やはり物理をこころざすのかね?」

「かもしれないけど」ライラは答えた。「事情によるわ」

運転手が静かにせきばらいし、車の速度を落とした。

「サマータウンに着いたよ」年とった男がいった。「どこでおりるかね?」

「ええと、あそこの商店街のちょっと先で。あそこからは歩けるから。ありがとう」

「左折してサウス・パレードに入って、右側にとめてくれ、アラン」年とった男はいった。

「かしこまりました」運転手はいった。

一分後、車は公立図書館の前に静かにとまった。年とった男は自分の側のドアをあけたので、ライラは、男のひざの前をとおっておりなくてはならなかった。間隔《かんかく》はあったが、なにかいやな感じだった。男は親切にしてくれたが、ライラは体にふれたくなかった。

「リュックサックを忘れちゃいかんよ」男はそういいながら、リュックサックを渡した。

「ありがとう」

「また会えるといいね、リジー。友だちによろしくいっておいてくれ」

「さようなら」ライラは、車が角をまがって見えなくなるまで歩道で待ってから、シデの並木へむかった。うすい色の髪をした男のことが気になったので、真理計にきいてみたかった。


ウィルは父親の手紙を読みかえしていた。港から海に飛びこむ子どもたちのかすかな叫び声を聞きながら、テラスにすわり、うすっぺらい航空書簡に力強く書かれた文字を読み、それを書いた男を心に描《えが》こうとした。そして、赤ん坊《ぼう》、つまりウィルのことが書かれた部分を、何度も何度も見た。

ライラの走ってくる足音が、少しはなれたところから聞こえた。ウィルは手紙をポケットに入れ、立ちあがった。ほとんど同時に、ライラが目を大きく見ひらいてやってきた。パンタライモンはどう猛《もう》なヤマネコになって、うなっていた。とり乱しているため、身を隠していなかった。めったに泣いたりしないライラが、怒《いか》りのあまり泣きじゃくっていた。胸は波打ち、歯ぎしりしていた。ウィルに飛びつき、腕《うで》をつかんで、わめいた。「あいつを殺して！　あいつを殺して！　あいつに死んでもらいたいの！　イオレクがここにいてくれたらいいのに。ああ、ウィル、あたし、へまをしちゃったの、ほんとにごめんなさい――」

「なんだ？　どうしたんだ？」

「あの年とった男よ――あいつは、けちなこそ泥《どろ》だったの。あれを盗《ぬす》んだのよ、ウィル！　あたしの真理計を盗んだの！　高価な服を着て召使《めしつか》いが車を運転してる、あのいやなにおいのするじじいが！　ああ、けさはへまばっかりだわ――ああ、あたし――」

ライラがあまりに激しく泣きじゃくるので、ウィルは、ほんとうに胸がはり裂《さ》けてしまうのではないかと思った。ライラは、わんわん泣き、身をふるわせながら、倒れた。パンタライモンはライラのわきでオオカミになり、悲痛そうに遠ぼえした。海の沖《おき》のほうの子どもたちは、していることをやめ、手を目の上にかざして見ていた。ウィルはライラのわきに腰をおろし、肩《かた》をゆすった。

「やめろ！　泣きやむんだ！　はじめから話してくれ。年とった男ってなんだ？　なにがあったんだ？」

「あんた、怒《おこ》るにきまってるわ。あんたを裏切らないって約束したのに、ちゃんと約束したのに……」ライラはしゃくりあげた。パンタライモンは、若くぶかっこうなイヌになり、耳をたらし、しっぽをふり、もじもじしていた。ウィルは、ライラが恥《は》ずかしくて話せないようなことをしてしまったことがわかったので、ダイモンに話しかけた。

「なにがあったんだ？　話してくれ」

パンタライモンはいった。「あの学者のとこへ行ったんだ。そしたら、べつの人間がいてね――男と女さ――そいつらがぼくたちをだましたんだ。いろんな質問をしてから、きみのことをきいた。ぼくたちはつい、きみを知っているってもらしてしまったんだ。それで、逃げだした――」

ライラは両手で顔をおおって、歩道に頭を押《お》しつけていた。パンタライモンは、興奮して次から次へと姿をかえた。イヌ、鳥、ネコ、雪のように白いオコジョ。

「男はどんなだった？」ウィルはいった。

「大きかったわ」ライラが、くぐもった声で答えた。「すごくがっしりしてて、うすい色の目をしてた……」

「あの窓を通りぬけるのを見られたのか？」

「いいえ、だけど……」

「なら、ぼくたちの居場所はわからないよ」

「だけど、真理計が！」ライラは叫《さけ》んだ。そして、ギリシャ彫刻《ちょうこく》の顔みたいにこわばった顔をして、いきなり体を起こした。

「ああ」ウィルはいった。「ちゃんと話してくれ」

ライラは、しゃくりあげたり歯ぎしりしたりしながら、なにが起こったのか話した。前の日博物館で真理計を使っているところを年とった男に見られたこと、きょうその男が車をとめたのだが、ライラはうすい色の髪の男から逃げるために乗りこんだこと、ライラが前を通っておりざるをえないように車を停止させたこと、ライラにリュックサックを渡すときに、すばやく真理計をうばったにちがいないこと……

ウィルは、ライラがどんなにショックをうけているかわかったが、どうして罪の意識を感じているのかはわからなかった。それから、ライラはいった。

「それで、ウィル、あたし、大失敗をしちゃったの。真理計がそういってたんだから、ダストをさがすのをやめて、あんたに力をかさなきゃならなかったのに。あんたがおとうさんを見つけるのを助けなきゃならなかったのに。あれがあれば、おとうさんのいる場所へあんたをつれてくことができたのに。でも、耳をかさなかったの。自分のしたいようにしちゃったの。やめとけばよかった……」

ウィルは、ライラが真理計を使うのを見たことがある。それがライラに真実を教えることはわかっていた。ウィルはライラに背をむけた。ライラはウィルの手首をつかんだが、ウィルはライラからはなれ、水ぎわへむかって歩いていった。子どもたちはまた港のほうで遊びはじめていた。ライラがウィルのところまで走ってきた。「ウィル、ほんとにごめんなさい――」

「あやまったからって、なんになるんだ？　きみがあやまろうがあやまるまいが、どうにもならないよ。やってしまったことはしかたないさ」

「だけど、ウィル、あたしたち、力を合わせなきゃ。あんたとあたしで。だって、ほかにだれもいないんだから」

「どうやりゃいいのさ」

「あたしにもわかんないわ、だけど……」

ライラは途中《とちゅう》でことばをきった。目がかがやいた。ライラは大いそぎでリュックサックのところまでもどり、歩道におくと、興奮して中をひっかきまわした。

「あいつがだれか、わかってるの！　うちがどこかも！」ライラは一枚の小さな白い名刺《めいし》をさしあげた。「あいつが博物館でこれをくれたの！　真理計をとりもどしに行けるわ！」

ウィルは名刺を受けとり、読んだ。

オックスフォード
オールド・ヘディントン
ライムフィールド邸《てい》
上級勲爵士《くんしゃくし》　チャールズ・ラトロム卿《きょう》

「卿ってなってるよ」ウィルはいった。「ナイト爵だ。つまり、人は無条件でこの男を信じて、ぼくたちは信じてもらえないってことさ。ぼくにどうしてほしかったんだ？　警察へ行くのか？　警察はぼくを追ってるんだぞ！　きのうは追ってなかったとしても、いまはもう追ってるはずだ。それに、いまは、きみがだれかも知られてる。きみがぼくを知ってることも知られてる。だから、警察じゃどうにもならない」

「盗めばいいのよ。あいつの家へ行って、盗めばいいの。ヘディントンがどこかは知ってるわ。あたしのオックスフォードにもヘディントンがあるの。遠くないわ。歩いて一時間で行ける、どうってことないわ」

「ばかいえ」

「イオレク・バーニソンなら、すぐに行って、あいつの頭をもぎとってくれるわ。イオレクがいてくれたらいいのに。彼《かれ》なら——」

けれども、ライラはだまった。ウィルにじっと見つめられていたので、たじろいでしまったのだ。あのよろいグマにそんなふうに見られたら、おなじようにたじろいだだろう。ウィルの目には、若いが、イオレクと似たような表情があった。

「そんなばかな話を聞いたのは、生まれてはじめてだ」ウィルはいった。「そいつの家へ行って、しのびこんで盗めると思うのか？　よく考えてみろ。ちっとは頭を使え。もし金持ちなら、そいつの家にはあらゆる種類の警報器やなんかがついてるぞ。とつぜん鳴りだすベルや、特製のロックや、自動的に作動する赤外線スイッチのついたライトがあるはずだ——」

「そんなもの、聞いたこともない」ライラはいった。「あたしの世界にはないわ。わかるわけないでしょ、ウィル」

「そうか、じゃあ、この点を考えろ。そいつは、家じゅうどこにでも真理計を隠せるんだ。家じゅうの食器棚《しょっきだな》やひきだしや隠し場所を調べるのは、どんな泥棒だって、すごい時間がかかるぞ。ぼくのうちに来た男たちだって、何時間もかけて調べたあげく、さがしものは見つからなかったんだ。そいつが、ぼくのうちよりはるかにでかい家に住んでるのはまちがいない。たぶん、金庫もある。たとえ家に入れたとしても、見つけられないうちに、警察が来ちゃうさ」

ライラはうなだれた。すべてそのとおりだった。

「じゃあ、あたしたち、どうすればいいの？」

ウィルは答えなかった。でも、あたしたち、というのはたしかだった。いまやウィルは、いやがおうでも、ライラとかたく結びついていた。

ウィルは水ぎわまで歩いていき、テラスにもどり、また水ぎわへいった。答えをさがしながら、何度も手をたたきあわせたが、答えはうかばなかった。怒って首をふった。

「とにかく……そこへ行くんだ。そこへ行って、そいつに会うんだ。きみの知りあいの学者に助けを求めてもむだだ。警察がもうその学者のところに来たのだとしたらね。ぼくたちより警察を信じるにきまってる。そいつの家へ行けば、少なくとも、主な部屋がだいたいどうなっているかわかる。それを足がかりにできる」

それだけいうと、ウィルはうちの中に入り、自分が眠《ねむ》った部屋の枕《まくら》の下に手紙を隠した。そうしておけば、もしつかまったとしても、手紙がやつらの手に渡ることはない。

ライラはテラスで待っていた。パンタライモンはツバメになって、ライラの肩にとまっていた。ライラはだんだん元気をとりもどしてきた。

「きっとうまくとりもどせるわ。そう感じるの」

ウィルはなにもいわなかった。彼らは窓へむかって出発した。

ヘディントンまで歩いていくのには、一時間半かかった。ライラが先にたって、街の中心を避《さ》けながら進んだ。ウィルはなにもいわずに、たえず油断なくまわりを見ていた。ライラにとっては、北極地方をボルバンガーめざして進んだときよりもずっとたいへんだった。あのときは、ジプシャンやイオレク・バーニソンがいっしょだったし、ツンドラが危険に満ちているとしても、見れば危険だとわかるからだ。彼女《かのじょ》のものであると同時に彼女のものでないこの街では、危険は一見やさしそうに見えるし、裏切りは笑《え》みをうかべ、甘《あま》い香《かお》りがする。ライラを殺したり、ライラとパンタライモンをひき裂いたりしないとしても、ただひとつの道しるべをうばったのだ。真理計がなければ、ライラは……ただの迷子の女の子だ。

ライムフィールド邸はハチミツ色で、正面のうち半分はアメリカヅタにおおわれていた。手入れのゆきとどいた大きな庭の中にたっていて、片側には低木が植わり、砂《じゃ》利道《りみち》が玄関《げんかん》までつづいていた。左の車二台分の車庫の前には、ロールスロイスがとめてあった。ウィルが目にするなにもかもが、富と権力があることをものがたっていた。上流階級の英国人の中にいまでも当然のようにもっている者がいる、ある種の伝統的な優越感《ゆうえつかん》がただよっていた。そこには、ウィルを歯ぎしりさせるものがあった。理由はわからなかった。やがて、ふと、幼いころの出来事を思いだした。ウィルの母が彼を、こんなような屋敷《やしき》につれていったことがある。ふたりはいちばん上等な服を着て、ウィルはできるだけ行儀《ぎょうぎ》よくしなければならなかった。そして、ある年とった男と女がウィルの母を泣かせ、ふたりは屋敷を出た。母は泣きつづけていた……

ライラは、ウィルの呼吸がはやくなり、こぶしをかためているのに気づいたが、理由をきかないだけの分別はあった。それはウィルに関することで、ライラとはなんの関係もなかったからだ。やがて、ウィルは大きく息を吸った。

「よし。やってみよう」

ウィルは砂利道を歩きはじめた。ライラはぴったりあとをついていった。ふたりとも、じろじろ見られているような気がした。

ドアには、ライラの世界にあるような、古風な呼び鈴《りん》のひきひもがついていた。ウィルは、ライラに教えてもらうまで、それがどこにあるのかわからなかった。ひもをひくと、呼び鈴が屋敷のずっと奥《おく》までけたたましく鳴り響《ひび》いた。

ドアをあけたのは、車を運転していた召使いだった。ただ、いまは帽子《ぼうし》をかぶっていなかった。はじめウィルを見てから、ライラを見た。少し表情がかわった。

「チャールズ・ラトロム卿に会いたいんです」ウィルがいった。

前の夜、塔《とう》のそばで石を投げていた子どもたちと面とむかったときのように、ウィルはあごを突《つ》きだしていた。召使いはうなずいた。

「ここで待っていなさい。チャールズ卿にお話ししてくる」

召使いはドアをしめた。ドアはがんじょうなオーク材で、いかめしい錠《じょう》がふたつつけられ、上と下にかんぬきがあったが、ウィルは、分別のある泥棒なら、どうせ玄関から入ったりしないだろうと思った。屋敷の正面には、盗難警報器がこれ見よがしにとりつけられ、どちらのすみにも大きなスポットライトがあった。泥棒は、しのびこむどころか、近づくことすらできないだろう。

規則的な足音がドアまでやってきた。ドアがまたあいた。ウィルは、ありあまるほどいろんなものを持っているのに、さらにもっとほしがっている男の顔を見あげた。

男はめんくらうほど愛想《あいそ》がよく、落ちつきはらい、たくましく、罪の意識や恥じることなどちっともない、といった感じだった。

ライラがわきでいらだち、怒っているのがわかったので、ウィルはいそいでいった。

「すみませんが、ライラがあなたの車に乗せてもらったとき、うっかり忘れものをしてしまったというんです」

「ライラ？　ライラなんて知らないな。ずいぶんかわった名前だね。リジーって子なら知ってるが。きみはだれだね？」

ウィルは、偽名《ぎめい》を使うのを忘れた自分に腹をたてた。「ぼくは兄です。マークといいます」

「なるほど。こんにちは、リジー、いやライラかな。入りたまえ」

男はわきに寄った。ウィルもライラも、こうなるとは予期していなかったので、半信半疑で中に入った。玄関広間はうす暗く、ミツろうと花のにおいがした。どこもよくみがかれ、きれいだった。壁《かべ》ぎわのマホガニーのキャビネットには、優美な磁器の彫像がならんでいた。召使いが、呼ばれるのを待っているように、うしろにひかえていた。

「書斎《しょさい》に入りなさい」チャールズ卿はそういうと、玄関広間のドアのひとつをあけたままにした。

男は礼儀正しく、歓迎《かんげい》すらしていたが、その態度にはひっかかるところがあったので、ウィルは警戒《けいかい》した。書斎は大きくて快適で、タバコの煙《けむり》がただよい、革《かわ》のひじかけいすがおかれ、本棚と絵画と狩猟《しゅりょう》の記念品がずらりとならんでいた。ガラスのキャビネットが三つか四つあり、時代ものの科学の道具が飾《かざ》られていた――真鍮《しんちゅう》の顕微鏡《けんびきょう》、緑色の革でおおわれた望遠鏡、六分儀、羅針盤《らしんばん》。なぜ真理計をほしがったのかはあきらかだった。

「すわりたまえ」チャールズ卿は革のソファを指さした。自分はつくえのいすにすわると、話をつづけた。「さて。それで、なんの話かね?」

「あんたは盗んだのよ――」ライラが興奮していいかけたが、ウィルにじっと見られたので、ことばをきった。

「ライラは、あなたの車に忘れものをしたと思っているんです」ウィルはまたいった。「それを返してもらいにきたんです」

「これのことかな?」チャールズ卿はひきだしから、ビロードの布をだした。ライラは立ちあがった。チャールズ卿はライラを無視して、布をひろげ、金色にかがやく真理計を手のひらにのせた。

「そうよ！」ライラはいきなり叫んで、手をのばした。

けれども、チャールズ卿は手をとじた。つくえは大きく、ライラにはとどかなかった。ライラがほかにどうすることもできないうちに、チャールズ卿はくるっと背をむけ、ガラスのキャビネットに真理計をしまうと、鍵《かぎ》をかけ、チョッキのポケットに鍵を入れてしまった。

「でも、これはきみのものじゃないよ、リジー。いや、ライラかな」

「あたしのよ！　あたしの真理計よ！」

チャールズ卿は、残念そうに重々しく首をふった。まるで、ライラをとがめるように、残念なことだが、彼女のためにそうしているのだというように。「その点は、かなり疑わしいな」

「でも、それは彼女のものです！」ウィルがいった。「うそじゃありません！　ぼくに見せてくれたんです！　たしかに彼女のものです！」

「なら、それを証明してもらわなくちゃならんな」チャールズ卿はいった。「わたしはなにも証明する必要はない。わたしが持っているんだからね。当然わたしのものと考えられる。わたしのコレクションのほかのものとおなじようにね。ライラ、きみがそんな不正直だとわかっておどろいたよ——」

「あたしは、不正直じゃないわ！」ライラは叫んだ。

「いや、不正直だな。きみはたしか、リジーだと名乗った。どうやらちがうようだ。率直《そっちょく》にいって、こんな貴重なものがきみのものだなんて、だれも信じやしないよ。よし、じゃあ、警察を呼ぶとするか」

チャールズ卿は召使《めしつか》いを呼ぼうとした。

「待ってください――」チャールズ卿が口をひらく前に、ウィルはいった。ライラはつくえをまわりこんだ。パンタライモンがどこからともなくあらわれて、ライラの腕《うで》にかかえられた。ヤマネコになったパンタライモンは、年とった男にむかって歯をむいてうなった。チャールズ卿は、いきなりあらわれたダイモンを見ておどろいたが、ほとんどたじろがなかった。

「あんたは、自分が盗《ぬす》んだものがなんなのか、知りもしないくせに」ライラはわめきたてた。「あたしが使ってるのを見て、ほしくなって、盗んだのよ。だけど、あんたは――あんたは、あたしのかあさんよりひどいわ。かあさんは、少なくとも、あれが重要なものだって知ってたもの！　あんたはケースにしまっとくだけで、なんにもしない！　あんたなんか、死んでしまえ！　できたら、だれかに殺させてやる！　あんたなんか、生きてる価値がないわ。あんたなんか――」

ライラはそれ以上いえなかった。彼女にできるのは、顔につばを吐《は》きかけることくらいなので、全力をふりしぼってそうした。

ウィルはじっとすわったまま、見まもり、まわりを見て、どこになにがあるか、すべて記憶《きおく》した。

チャールズ卿は落ちつきはらって絹のハンカチをひろげると、顔をぬぐった。

「きみには感情をおさえる力がないのかな？　すわりたまえ、この悪ガキめ」

ライラは、体がふるえたため目から涙《なみだ》がこぼれ落ちるのがわかった。ライラはソファに身を投げた。パンタライモンは、ヤマネコの太いしっぽを立てたまま、ライラのひざの上にのり、きらめく目で年とった男をじっと見つめた。

ウィルは、無言で困惑《こんわく》しながらすわっていた。チャールズ卿は、とっくにふたりを追いだしていてもおかしくない。いったいなにをやってるんだ？

そのとき、なにかひどく奇怪《きかい》なものが見えた。目の錯覚《さっかく》ではないかと思えるほど奇怪なものだ。チャールズ卿の麻《あさ》のジャケットのそでから、雪みたいに白いカフスのそばを通って、うろこでおおわれたヘビの頭が出てきたのだ。黒い舌がちろちろと動き、ふちが金色の目が、ライラからウィルのほうをむき、もとにもどった。ライラは怒《おこ》っているので気づかなかったが、ウィルは、そいつが年とった男のそでにもどる前に、一瞬《いっしゅん》見て、ぎょっとして目を見ひらいた。

チャールズ卿は窓下の腰《こし》かけに移動し、落ちつきはらって腰をおろすと、ズボンのしわをなおした。

「そんなふうにわれを忘れたふるまいをしないで、わたしの話をよく聞いたほうがいいぞ。きみにはどうしようもないんだ。あの道具はすでにわたしの所有物で、いつまでもそこにしまわれたままになる。わたしはほしいんだ。わたしはコレクターだ。つばを吐くなり、足を踏《ふ》みならすなり、かな切り声をあげるなり、好きなようにすればいいが、きみがだれかにどうにか話を聞いてもらうころには、わたしがこれを買ったことを証明する書類が山ほどできているだろう。わたしなら、それくらいたやすくできるんだ。きみは絶対とりかえせないよ」

ふたりとも、だまりこんだ。チャールズ卿は話を終えていなかった。大きなとまどいが、ライラの心臓の鼓動《こどう》を遅《おそ》くし、部屋を静まりかえらせていた。

「しかし」チャールズ卿は話をつづけた。「もっとほしいものがある。自分では手に入れることができないから、きみたちととりひきしてもいい。きみたちが、わたしのほしいものをとってきてくれたら、返してやってもいい――ええと、なんといったかな？」

「真理計《アレシオメーター》よ」ライラはしゃがれ声でいった。

「真理計か。じつに興味深い。ギリシャ語でアレテイア、真理か――まわりのあの絵――そうか、なるほど」

「あなたがほしいものって、なんです?」ウィルがいった。「どこにあるんです?」

「わたしは行けないが、きみたちなら行ける場所だ。きみたちがどこかで入口を見つけたことは、わかっている。わたしがけさ、リジー、いやライラをおろしたサマータウンから遠くないところだと思う。その入口のむこうに、別世界がある。おとなのいない世界だ。これまでのところ、正しいだろ? で、いいかね、その入口をつくった男が、ある短剣《たんけん》を持っている。男はいま、その別世界に隠《かく》れていて、ひじょうにおそれている。おそれる理由があるんだ。もし、わたしの推測どおりの場所にいるなら、ドアのそばに天使の彫《ほ》りものがある古い石づくりの塔の中にいるはずだ。トーレ・デリ・アンジェリ、〈天使の塔〉だ。

そこがきみたちに行ってもらう場所だ。どういう手を使おうとかまわない。とにかく、わたしはその短剣がほしいんだ。それを持ってきてくれたら、真理計を返してやる。真理計を失うのは残念だが、わたしは約束は守る人間だ。きみたちにやってもらいたいのはそういうことだ。短剣を持ってきてくれ」

アンデルセン
矢崎源九郎訳

絵のない絵本

世界のすみずみを照らす月を案内役に、空想の翼に乗って遥かな国に思いを馳せ、明るいユーモアをまじえて人々の生活を語る名作。

アンデルセン
矢崎源九郎訳

人魚の姫
—アンデルセン童話集（I）—

人間の王子さまに一目で恋した人魚の姫は、美しい声とひきかえで魔女に人間にしてもらうが……。表題作などアンデルセン童話16編。

アンデルセン
山室　静訳

おやゆび姫
—アンデルセン童話集（II）—

孤独と絶望の淵から〝童話〟に人生の真実を結晶させて、人々の心の琴線にふれる多くの作品を発表したアンデルセンの童話15編収録。

アンデルセン
矢崎源九郎訳

マッチ売りの少女
—アンデルセン童話集（III）—

雪の降る大晦日の晩、一本も売れないマッチを抱えた少女。あまりの寒さに、一本、もう一本とマッチを点していくと……。全15編。

ヴェルヌ
波多野完治訳

十五少年漂流記

嵐にもまれて見知らぬ岸辺に漂着した十五人の少年たち。生きるためにあらゆる知恵と勇気と好奇心を発揮する冒険の日々が始まった。

ウィーダ
村岡花子訳

フランダースの犬

ルーベンスに憧れるフランダースの貧しい少年ネロは、老犬パトラシエを友に一心に絵を描き続けた……。豊かな詩情をたたえた名作。

J・ウェブスター
松本恵子訳

あしながおじさん

お茶目で愛すべき孤児ジルーシャに突然訪れた幸福。月に一回手紙を書く約束で彼女を大学に入れてくれるという紳士が現われたのだ。

J・ウェブスター
松本恵子訳

続あしながおじさん

〝あしながおじさん〟と結婚したジルーシャは、夫から孤児院を改造するための莫大な資金を贈られ、それを友人のサリイに依頼する。

T・ウィリアムズ
小田島雄志訳

欲望という名の電車

ニューオーリアンズの妹夫婦に身を寄せたブランチ。美を求めて現実の前に敗北する女を、粗野で逞しい妹夫婦と対比させて描く名作。

T・ウィリアムズ
小田島雄志訳

ガラスの動物園

不況下のセント・ルイスに暮す家族のあいだに展開される、抒情に満ちた追憶の劇。斬新な手法によって、非常な好評を博した出世作。

オールコット
松本恵子訳

若草物語

温和で信心深い長女メグ、活発な次女ジョー、心のやさしい三女ベスに無邪気な四女エミイ。牧師一家の四人娘の成長を爽やかに描く名作。

カポーティ
龍口直太郎訳

ティファニーで朝食を

〝旅行中〟と記された名刺を持ち、野鳥のように自由を求めて飛翔する美女ホリーをファンタジックに描く夢と愛の物語、他3編収録。

P・ギャリコ
矢川澄子訳
雪のひとひら
愛する相手との出会い、そして別れ。女の一生を、さまよう雪のひとひらに託して描く珠玉のファンタジーを、原マスミの挿画で彩る。

P・ギャリコ
古沢安二郎訳
ジェニィ
まっ白な猫に変身したピーター少年は、やさしい雌猫ジェニィとめぐり会った……二匹の猫が肩寄せ合って恋と冒険の旅に出発する。

P・ギャリコ
矢川澄子訳
スノーグース
孤独な男と少女のひそやかな心の交流を描いた表題作等、著者の暖かな眼差しが伝わる珠玉の三篇。大人のための永遠のファンタジー。

S・キング
永井淳訳
キャリー
狂信的な母を持つ風変りな娘――周囲の残酷な悪意に対抗するキャリーの精神は、やがてバランスを崩して……。超心理学の恐怖小説。

S・キング
白石朗訳
グリーン・マイル
（一～六）
刑務所の死刑囚舎房で繰り広げられた驚くべき出来事とは？ 分冊形式で刊行され世界中を熱狂させた恐怖と救いと癒しのサスペンス。

S・キング
浅倉久志訳
ゴールデンボーイ
―恐怖の四季 春夏編―
ナチ戦犯の老人が昔犯した罪に心を奪われた少年は、その詳細を聞くうちに、しだいに明るさを失い、悪夢に悩まされるようになった。

L・キャロル
矢川澄子訳
金子國義絵

不思議の国のアリス

チョッキを着たウサギ、チェシャネコ、ハートの女王などが登場する永遠のファンタジーをカラー挿画でお届けするオリジナル版。

L・キャロル
矢川澄子訳
金子國義絵

鏡の国のアリス

鏡のなかをくぐりぬけ、アリスはまたまた奇妙な冒険の世界へ飛び込んだ——。夢とユーモアあふれる物語を、オリジナル挿画で贈る。

グリム
植田敏郎訳

白雪姫
—グリム童話集(I)—

ドイツ民衆の口から口へと伝えられた物語に愛着を感じ、民族の魂の発露を見出したグリム兄弟による美しいメルヘンの世界。全23編。

グリム
植田敏郎訳

ヘンゼルとグレーテル
—グリム童話集(II)—

人々の心に潜む繊細な詩心をとらえ、芸術的に高めることによってグリム童話は古典となった。「森の三人の小人」など、全21編を収録。

グリム
植田敏郎訳

ブレーメンの音楽師
—グリム童話集(III)—

名作「ブレーメンの音楽師」をはじめ、「いばら姫」「赤ずきん」「狼と七匹の子やぎ」など、人々の心を豊かな空想の世界へ導く全39編。

テリー・ケイ
兼武進訳

白い犬とワルツを

誠実に生きる老人を通して真実の愛の姿を美しく爽やかに描き、痛いほどの感動を与える大人の童話。あなたは白い犬が見えますか?

サリンジャー
野崎　孝　訳

ナイン・ストーリーズ

はかない理想と暴虐な現実との間にはさまれて、抜き差しならなくなった人々の姿を描き、鋭い感覚と豊かなイメージで造る九つの物語。

サリンジャー
野崎　孝　訳

フラニーとゾーイー

グラース家の兄ゾーイーと、妹のフラニーの心の動きを通して、しゃれた会話の中に、若者の繊細な感覚、青春の懊悩と焦燥を捉える。

サリンジャー
野崎　孝
井上謙治　訳

大工よ、屋根の梁を高く上げよ
シーモア―序章―

個性的なグラース家七人兄妹の精神的支柱である長兄、シーモアの結婚の経緯と自殺の真因を、弟バディが愛と崇拝をこめて語る傑作。

シェイクスピア
福田恆存訳

オセロー

イアーゴーの奸計によって、嫉妬のあまり妻を殺した武将オセローの残酷な宿命を、鋭い警句に富むせりふで描く四大悲劇中の傑作。

シェイクスピア
中野好夫訳

ロミオとジュリエット

仇敵同士の家に生れたロミオとジュリエット。その運命的な出会いと、永遠の愛を誓いあったのも束の間に迎えた不幸な結末。恋愛悲劇。

シェイクスピア
福田恆存訳

夏の夜の夢・あらし

妖精のいたずらに迷わされる恋人たちが月夜の森にくりひろげる幻想喜劇「夏の夜の夢」、調和と和解の世界を描く最後の傑作「あらし」。

B・シュリンク
松永美穂訳

朗読者

毎日出版文化賞特別賞受賞

15歳の僕と36歳のハンナ。人知れず始まった愛には、終わったはずの戦争が影を落していた。世界中を感動させた大ベストセラー。

スウィフト
中野好夫訳

ガリヴァ旅行記

船員ガリヴァの漂流記に仮託して、当時のイギリス社会の事件や風俗を批判しながら、人間性一般への痛烈な諷刺を展開させた傑作。

スタインベック
西川正身訳

赤い小馬

数多くの試練を経て成長していく少年の喜びや悲しみを、作者の故郷カリフォルニアの大自然を舞台に詩情豊かに描いた自伝的作品。

デフォー
吉田健一訳

ロビンソン漂流記

ひとりで無人島に流れついた船乗りロビンソン・クルーソー――孤独と闘いながら、神を信じ困難に耐えて生き抜く姿を描く冒険小説。

ディケンズ
村岡花子訳

クリスマス・カロル

貧しいけれど心の暖かい人々、孤独で寂しい自分の未来……亡霊たちに見せられた光景が、ケチで冷酷なスクルージの心を変えさせた。

マーク・トウェイン
大久保康雄訳

トム・ソーヤーの冒険

ミシシッピー川に沿う小さな町を舞台に子供の夢と冒険をさわやかなユーモアとスリルいっぱいに描く。世界中で読まれている名作。

マーク・トウェイン
村岡花子訳
ハックルベリイ・フィンの冒険
トムとハックは盗賊の金貨を発見して大金持になったが、彼らの悪童ぶりはいっそう激しく冒険また冒険。アメリカ文学の最高傑作。

古沢安二郎訳
マーク・トウェイン短編集
小さな港町に手のつけられない腕白小僧として育ち、その後の全生涯を冒険の連続のうちに送ったマーク・トウェインの傑作7編収録。

J・バリー
本多顕彰訳
ピーター・パン
生れて七日目に窓から飛び出して公園に帰ってきたピーター・パンは、大人にならない不思議な子供……幻想と夢がいっぱいの物語。

R・バック
五木寛之訳
かもめのジョナサン
飛ぶ歓びと、愛と自由の真の意味を知るために、輝く蒼穹の果てまで飛んでゆくかもめのジョナサン。夢と幻想のあふれる現代の寓話。

バーネット
伊藤　整訳
小公女
女学校の寄宿舎に入った七歳の愛くるしい少女サアラ・クルウの、逆境にめげず明るく強く生きる姿を、深い愛情をもって描いた名著。

P・プルマン
大久保　寛訳
黄金の羅針盤（上・下）
ライラと彼女の守護精霊は誘拐された子供たちの救出を決意。よろいをつけたクマに乗り、オーロラがひかり輝く北極へと旅立った。

新潮文庫最新刊

川上弘美著
古道具中野商店
てのひらのぬくみを宿すなつかしい品々。小さな古道具店を舞台に、年の離れた4人のもどかしい恋と幸福な日常をえがく傑作長編。

唯川恵著
だんだんあなたが遠くなる
涙、今だけは溢れないで——。大好きな恋人と大切な親友のため、萩が下した決断は。悲しみを糧に強くなる女性のラブ・ストーリー。

志水辰夫著
オンリィ・イエスタデイ
女に飽きた男。男に絶望した女。冷たい雨の夜に物語は始まった。たぶん、出会うべきではなかった。名手が万感の想いを込めた長篇。

熊谷達也著
懐郷
豊かさへと舵を切った昭和三十年代。怒濤の時代の変化にのまれ、傷つきながらも、ひたむきに生きた女性たち。珠玉の短編七編。

谷村志穂著
雀
誰とでも寝てしまう、それが雀という女。でもあなたは彼女の魂の純粋さに気づくはず。雀と四人の女友達の恋愛模様を描く——。

井上荒野著
しかたのない水
不穏な恋の罠、ままならぬ人生。東京近郊のフィットネスクラブに集う一癖も二癖もある男女六人。ぞくりと胸騒ぎのする連作短編集。

神《しん》秘《ぴ》の短《たん》剣《けん》(上)

新潮文庫　フ - 47 - 3

Published 2004 in Japan
by Shinchosha Company

平成十六年二月一日　発行
平成二十年二月十五日　七刷

訳者　大《おお》久《く》保《ぼ》寛《ひろし》

発行者　佐藤隆信

発行所　株式会社　新潮社

郵便番号　一六二―八七一一
東京都新宿区矢来町七一
電話　編集部(〇三)三二六六―五四四〇
　　　読者係(〇三)三二六六―五一一一
http://www.shinchosha.co.jp

価格はカバーに表示してあります。

乱丁・落丁本は、ご面倒ですが小社読者係宛ご送付ください。送料小社負担にてお取替えいたします。

印刷・二光印刷株式会社　製本・加藤製本株式会社

ISBN978-4-10-202413-3 C0197